U0573253

做一个
内心强大的
女子

Strong
Inside Own

黎溪淳

著

江苏凤凰文艺出版社
JIANGSU PHOENIX LITERATURE AND
ART PUBLISHING, LTD

图书在版编目（CIP）数据

做一个内心强大的女子 / 黎溪淳著 . -- 南京：江苏凤凰文
艺出版社，2018.10

ISBN 978-7-5594-2044-2

Ⅰ . ①做… Ⅱ . ①黎… Ⅲ . ①散文集－中国－当代Ⅳ .
① I267

中国版本图书馆 CIP 数据核字 (2018) 第 094060 号

书　　　名	做一个内心强大的女子	
作　　　者	黎溪淳	
出 版 统 筹	万丽丽	
责 任 编 辑	姚　丽	
特 约 编 辑	侯亚丽	
特 约 监 制	李　响	
装 帧 设 计	格 · 创研社	
出 版 发 行	江苏凤凰文艺出版社	
出版社地址	南京市中央路 165 号，邮编：210009	
出版社网址	http://www.jswenyi.com	
印　　　刷	环球东方（北京）印务有限公司	
开　　　本	880×1230 毫米　1/32	
印　　　张	8	
字　　　数	165 千字	
版　　　次	2018 年 10 月第 1 版　2018 年 10 月第 1 次印刷	
标 准 书 号	ISBN 978-7-5594-2044-2	
定　　　价	39.80 元	

江苏凤凰文艺版图书凡印刷、装订错误可随时向承印厂调换

第一章　素质涵养：从内而外散发魅力

目　　录

第二章　励志前行：撑起自身的荣光

第三章 婚姻情感：于世俗中浅笑安然

第一章
素质涵养：从内而外散发魅力

一个人的素质涵养，就相当于一件物品的质量。物件的外表再好看，质量不过关，有品位的人自然不屑一顾。同样的，一个人即使外表不太美观，但他如果是个有素质涵养的人，那么他终究能慢慢凝聚起人心，从而形成他无法阻挡的个人魅力。

每个人都爱美，也都有追求美丽的权利，只是在我们追求外表美丽的同时，也千万不要忘记修炼内心的素质涵养。唯有这种从内到外凝练起来的美丽，才经得起时间的考验，像一颗越发圆润的珍珠，伴随时光常驻，越发璀璨夺目。

那么，接下来就让我们来看一看，一个人的魅力是如何一点点形成的。

以人为镜，从别人的眼中看自己

姑娘，你可真正地认识自己？

你觉得最了解自己的那个人，一定是自己吗？你认为这个世界上，没有人比你自己更了解自己吗？

那可未必。

即使是一个心思再细腻敏感的女人，她能发现很多被人忽视的小细节，却也未必能够完全认识自己，女人的多面性也许会多到令自己都咂舌。

当我们站在自己的视角去观察时，或许能将别人的优缺点看得清清楚楚，却很难看清自己的"真实面目"。

小君今天跟阿泽吵架了，吵得很厉害，几乎到了闹分手的地步。说起来有点可笑，他们争吵的原因很简单，仅仅只是因为一个"狼人杀"游戏。在狼人杀中两人配合不默契没有赢，从而产生了争执，本来只是一点小小的星星之火结果却烧成了熊熊大火，而这种争执也并不是一次两次了。

事情要从头说起，小君和男友阿泽是异地，两个人的爱情能结果也经历过了风雨的洗礼。为了阿泽，小君奔赴人生地不熟的异乡，阿泽为了让小君融入他的生活，费尽了心思。小君不喜欢与人交际，整日宅在家里写点东西'玩玩游戏'门都不出。阿泽为了让她多出去交点朋友想了不少办法，然而都没有什么效果，她还是宁愿宅在家里"长蘑菇"，也不喜欢出门。

后来阿泽带她去跟朋友们一起玩起了"狼人杀"游戏，这下子一发不可收拾，小君基本天天都要去玩，因此也认识了一群朋友。而且，加入这个游戏的同城年轻人越来越多，她认识的人也逐渐增加。

在这些玩游戏的朋友当中，有个叫阳洋的女孩让小君印象特别深刻。

让小君记住她的第一点是她的美貌，她是个特别漂亮的姑娘，皮肤白皙，五官小巧，身材也不错。仅从外貌上来讲，她是个特别招人喜欢的女孩子，身为女人的小君也忍不住会多看她几眼。

然而，在接下来玩游戏的过程中，小君渐渐见识到了阳洋的"真面目"。

游戏的过程中，阳洋说话总是最大声的，她以自我为中心，经常不按照规矩来。在别人说话的时候，打断别人说话，轮到自己说话的时候，别人不小心插下嘴，她就会立刻凶了回去，直接让人闭嘴。

除此之外，她甚至还特别较真。明明就只是一个游戏而已，碰到不太会玩的玩家，把游戏玩乱了，她就会特别的生气，蹬鼻子上脸就去指责人家，好几次都把氛围弄得很糟糕，导致大家不欢而散。

小君是个心里藏不住话的人，在一次游戏散场后跟男友还有朋友一起坐车回家的路上，小君就皱着眉头说："我玩了这么久的狼人杀，最不喜欢的就是阳洋了，不想跟她玩。她老打断别人说话，自己说话别人不小心插了句嘴，她就立刻凶别人，简直太以自我为中心了。"

小君说的话绝无虚言，相信大家都是看得到的。

可是她记得很清楚，当时她说完这番话的时候，车里鸦雀无声，没有人回应她。突然的冷场，让她很尴尬，却又不明所以。不过当时她也没当回事，只当是男人不喜欢八卦而已。

接下来她又跟阳洋玩过两次，无论两人在游戏里是什么身份，阳洋跟她总会出现各种各样的摩擦，争论不休。在身边的人反复劝和之下，两人才消停。后来小君心里对阳洋有了反感之心，游戏里不免带着个人情绪化针锋相对，两个当事人毫不自知，周围的人却头疼不已。

后来阿泽跟几个朋友决定将游戏转化成业余事业，一起投资将游戏吧扩展，几个平时爱一起玩的朋友摇身一变，成了游戏吧的老板。作为老板，他们自然想吸引更多的顾客来玩，让生意做得红火又长久，于是游戏过程的质量就必须提高，换言之，就是绝对避免发生争吵的现象。

小君有次无意间，看见了阿泽跟几个好友的微信群聊天记录，聊天内容让她震惊不已。

二哥："今天开张，我们尽量把家属都带上，人多热闹，来个满场开门红！"

司令："把家属都带上？那泽爷媳妇也会去？那今晚会不会崩……"

阿维："阿泽，把你媳妇控制住！不要让她跟顾客玩着玩着又吵起来，下次人家不来了。"

阿泽："只有我媳妇控制我的时候，我什么时候控制得住她？"

二哥："……"

司令："……"

阿维："……"

小君看见这段聊天记录后，当场羞愧难过得无地自容。

在这之前，她从来没有意识到，自己在别人眼里，其实是跟阳洋一样的人。她甚至还特别无脑地在他们那群人面前，说过阳洋的坏话。

小君真是越想越觉得情绪难平，一个人默默哭了一阵，也只有在这个时候，她才慢慢回想起之前玩游戏时的一些关于自己的细节。

一个巴掌拍不响，跟阳洋一样，她其实也是个很较真、很情绪化的人。游戏玩完，她有时候会跟阿泽争执大半天，自己玩得那么认真，结果却因为别人的疏忽而导致失败，这让她很生气。甚至有时候她也会跟其他人有争执，就像之前她看不惯阳洋总忍不住跟她争上几句一样。小君是个忘性大的姑娘，争执过后不久，她就像没事人一样，继续开开心心地玩。所以没有人会当面指出她的错误，而她自己也完全没有意识到，之前自己激烈的情绪给大家造成了不愉快。

她很久没有再去玩这个游戏，阿泽反复劝导她，只是个游戏而已，开心最重要，不要想太多。后来时间久了，她自己又渐渐淡忘了之前的难堪，忍不住又跟着阿泽去玩。只是，她再玩的时候，会时刻警醒自己，控制情绪。告诉自己这只是一个游戏而已，游戏主要是自己开心，大家开心。

这些果然是有效果的，阿泽明显看到了小君的变化，回家对她一通夸赞，也因为自己的变化，小君偶尔也会看见他的好友会在群里夸阿泽"教导有方"。

后来，她跟阳洋也经常在一起玩游戏，阳洋还是老样子。或许是因为小君认识到自己的错误，她尽力去避免自己情绪化，大事化小，小事化了，与阳洋在游戏里的一点小摩擦也就无足轻重一笑而过了。渐渐地，阳洋火爆的性格在她看来其实也是直率的一面，一起玩得多了，关系自然也就好起来了，曾经的小君或许怎么也想不到，后来她能和让她讨厌的阳洋成为好朋友。

这个世界上没有完美的人，我们每个人或多或少都会有这样那样的缺点。有缺点并不可怕，可怕的是自己完全看不到缺点，并且任由自己情绪化。

小君其实是幸运的，她没有走到最尴尬难堪的那一步才认清自己身上的缺点。在她认识到自己的错误时，她有过短时间的逃避，没有一直逃避下去。她正视了自己的不足，没有让这些缺点影响到她，适时地调整好心态，默默改正，得以让她又重新融入了那个大圈子。

然而，我们生活中其他人未必能像小君一样幸运。他们往往在指责别人的时候，完全不自知，从来不会想着换一个角度看待自己，认识不到自己的错误，也就没有改正自己的机会。更可怕的是，也不是所有的人在认识到自己的错误时，会想办法去改正，他们往往会没有期限地选择掩耳盗铃般逃避，结果一错再错，从而导致生活上出现种种"莫名其妙"的不顺。

唐太宗李世民说："夫以铜为镜，可以正衣冠，以古为镜，可以知兴替，以人为镜，可以明得失。"

聪明的女人，不会指出别人的缺点加以点评指责，而是通过别人的缺点，来反射自己。从而反省自己的不足，纠正自己的错误，万万不能让别人的错误也在自己的身上发生。

做一个不情绪化的人，能思考之时绝对不多言，认真观察与借鉴别人的优缺点，正确地认识纠正自己的一言一行，才能使自己在人生之路上避免产生没必要的羁绊，从而一帆风顺地用一颗惬意的心，以微笑的姿态，翻开人生中最温暖晴朗的篇章。

拾荒者的素质与涵养

什么样的人最能深入人心呢？

外表漂亮可爱的？谈吐风趣幽默的？有学识身负才能的？

不是，只有真正从内在透出来素质涵养的人，才能赢得他人的尊重，打动他人的心。

该怎样去定义一个人的素质跟涵养？

有人说，素质跟涵养这两样东西跟其出身的背景以及成长的环境息息相关。

我不否认，身世背景跟成长环境具有一定的影响，但我觉得，不能完全统一概括。出生好的，有了先天的好条件，对性格与内在的塑造培养有绝对的优势。可是，往往拥有先天优势的一些人，却还比不上一些先天条件差的人，这便值得我们深思了。

下班回家的路上，我偶尔会遇到一两个拾荒者。

我之所以称他们为"拾荒者"，不是称之为"乞丐"，是因为这些人虽然穿着破烂，身上有些怪味儿，但他们并没有向路人行乞。而是靠着自己的双手，去各个垃圾堆里捡能够回收的废品。

其中一位年纪五六十岁的拾荒者，每天都会在我下班的那段时间里，在那附近拾荒，风雨无阻。

有次，我经过时看到这样一幕，那位老人正在翻垃圾箱的时候，一位年轻的妈妈拉着一个小男孩走过，小男孩把吃完了的酸奶盒往垃圾箱里扔，结果没扔准，落到了地上，滚到了正在拾废品的拾荒者身边。小男孩下意识就要去捡酸奶盒，打算重新再扔到垃圾箱中，而年轻的妈妈却在这个时候拉住了小男孩的手，微微皱着眉头，说了句："不要过去，太脏了。"

她说完，便拉着小男孩就走了。

小男孩走的时候，忍不住回头看了看那个拾荒者以及那没有被扔进垃圾箱的酸奶盒，纯稚的面容上露出困惑的表情。

我不由得停下了脚步。

拾荒者动作很自然地拾起小男孩扔下的酸奶盒，放进了垃圾箱里，然后将一旁他刚刚从垃圾箱里翻出来的垃圾，又重新放回垃圾箱。地面上干干净净了以后，他才扛着一麻袋废品离开了。

几天后，下班的路上突然下起了暴雨，于是我走到一家面包店口躲雨，意外发现十几米之外的路边上，十几辆共享单车横七竖八地放在人行道上。路人匆匆走过时，不小心碰倒了一辆，紧接着旁边的几辆也跟着遭了殃，一起倒下，现场有些狼藉，路人头也没回打着伞就走了。

正在这时，一位衣衫褴褛的男子突然进入了我的视野当中。

他没有打伞，正冒着雨跑到被撞倒的共享单车旁，将共享单车扛在肩上，一辆接着一辆放到了停车区的位置上，整齐地摆放好后，他又一声不响地离开了。大雨中，他的身影有些眼熟，很快，我就想起来了，他就是那个经常在这一带附近捡废品的拾荒者。

看见这一幕，我心里是无比震撼的，同时，我也觉得有些羞愧，因为我做不到。

不久后，我闲着逛微博的时候，一则热点新闻吸引了我的眼球。

我点进去看了看，热点新闻只是一个视频，视频上一长排的共享单车，让我觉得有些熟悉。

但是这些单车无一不是损坏的，有的掉了后座，有的掉了脚踏板，有的车轮都被外力强压扁了，还有些二维码直接被拆了或被利器划掉，好好的单车变成了一堆惨不忍睹的废品。这明明是方便大众，为社会，为环境，为行人提供方便的工程，却变成了一些素质低下之人的发泄品。

视频很长，接着又迅速跳转到另一个画面，在一辆共享单车旁，有一对年轻的恋人正站在那儿吵架，吵着吵着女的转身就走了，男的似乎气不过，突然一脚就踹到一旁的共享单车上。一脚还不解气，他又接着猛踹了好几脚，直把共享单车踹倒在地上踹变形了，他才点了根烟离开了。

画面继续跳转，这是一条横跨城市的河道，河道中有几个人正在合力打捞着，不一会儿，一辆共享单车浮上水面，车身上沾满了淤泥，也不知道是什么时候被人扔进河道中去的……

紧接着，是一个偷偷拍下来的画面，只见一名戴着口罩的男子正偷偷摸摸来到一辆共享单车旁边，拿出一把水果刀，在轮胎上一下下用力地刮着，刮完之后，收起水果刀，又像个没事人一样离开了。

整个视频汇集了很多诸如此类共享单车遭到破坏的画面，全是制作者搜集起来的真实事件。

看完，我觉得心情无比的复杂，情绪低落又难过。

数日后，上班途中，我又看见了那个熟悉的身影，只见他在走过一排共享单车的时候，突然停下脚步来，似乎是发现了什么，直接用衣袖在单车的座椅上擦了擦，然后又将一辆倒下的单车扶起，接着便往附近一个垃圾桶走去。

一连串的动作自然随意，没有丝毫刻意的痕迹。

后来，我很少再看见那位拾荒者，可是，每次看到要倒下的共享单车，我便会不由自主地走上去，将它们扶起来，摆放好。

……

人不可貌相、不分高低贵贱，素质跟涵养同身份高低、职业背景并无太大的关系。一个人不怕穷不怕丑，心中有素质涵养，在别人的眼里一样会发光发亮，而且，这种光芒也是无与伦比的。

当然，乞丐跟拾荒者，也是绝对有区别的。乞丐在选择乞讨之时，已经亲自放弃了自尊，而拾荒者，他有的时候拾起的不仅仅是废品，也可能是尊严。

每个人身上都有值得学习的亮点，有些人年纪轻轻外表光鲜，却把身上使不完的劲儿用来破坏共享单车，拾荒者靠着拾荒为生，用他长满茧子的手做好每一件他力所能及的事情。

无论何时何地，我们不要以善小而不为，也不要蹂躏这个世界上任何一种恩赐的情分。这是最基本也是最高尚的一种素质与涵养，然而也不是人人都能做到的。

但是，要提高自己的素质与修养，其实也不是那么难。

我们女人通常爱美，为了美丽，为了让自己在人群中能够夺目，总是费尽了心思把自己打扮得漂漂亮亮的。最后却发现，在人群里总有人比你更会打扮自己，更加吸睛，所以，你纵然在外形上花再多心思，也免不了失落。

有的时候，或许你的一次举手之劳，不管什么时候给人留有一丝余地，一次主动吃亏，以宽容之心度别人之过，你的身上自然而然就会绽放出深入人心的光芒与美丽。

在这里，我列几样我们生活中经常会遇到却又不被我们注意到的小细节，让我们通过改变生活中的一些小习惯，来提高自己的素质跟涵养。

一去别人家做客时，主人给我们倒水，我们不要坐着干看，半起身用手扶扶，以示礼貌。

二无论跟谁说话，一定要能接话，不能一味敷衍地说"嗯嗯嗯"的，也不要心不在焉眼神游移，对别人的不尊重，只会降低自己的素质跟涵养。

三不管在哪里吃饭，不要当着别人的面在盘子里挑挑拣拣。

四如果问别人话，别人不回答你，不要厚着脸皮不停追问，这样的女人一点都不可爱。

五 捡东西或者穿鞋系鞋带的时候要蹲下去，不要弯腰撅着屁股。

六 任何时候做任何事情，都要懂得适可而止，不管是狂吃喜欢的食物还是对身边的人耍性子。

七 打电话或者接电话第一句话一定要是"喂，您好"，挂电话的时候，等对方先挂。

八 多看书多阅读，修身养性，你会认识一个更为广阔的世界。

九 不论人是非，己所不欲，勿施于人。

十 女人，出去跟别人吃饭自己埋单，至少 AA。

十一 只要是因为你开的玩笑，导致别人生气了，你就应该反省自己并且及时道歉，而不是追问别人为什么。

很多生活上我们注意不到的小细节，都跟我们自身的素质跟涵养有关，从自己做起，从小事做起。

当你能够把每件小事都尽力做好，不去忽略小细节，不用特殊的目光去看待每一个人，你的素质跟涵养自然而然也就会提升。

每个人都爱美，也都有追求美丽的权利，只是在我们追求外表美丽的同时，也千万不要忘记修炼内心的素质涵养，唯有这种从内到外凝练起来的美丽，才经得起时间的考验，像一颗越发圆润的珍珠，伴随时光常驻，越发璀璨夺目。

善于发现美

心理学上有一种晕轮效应，也可以称光环效应。

详细来讲，它指人们看问题时，像日晕一样，由一个特征中心点，向外扩散成越来越大的圆圈。然后在这种晕轮光环的影响下产生的以偏概全，以片面的观点看待整个人的心理效应。

比如有的时候，有个人做了一件让自己印象特别深的事情，就认为他是个好人，怎么看怎么顺眼。相反，如果有个人犯了一次错误，就容易认为他一贯表现都差，之后不管做什么，都会对他带有一丝偏见。所以，这种效应，很轻易就能把我们引入一种对人的知觉误区当中。

这种效应在人的外表特征的知觉认识中，它具是有一定的积极作用，比如，对容貌的认识度为我们的大脑识记提供了一定的方便。但是它的消极作用也同样不可忽视，当我们在判断一个人的道德品质和性格特征的时候，如果受了这种晕轮效应的影响，它就会妨碍我们更全面地去认识、观察一个人，使我们不能从一个积极品质突出的人身上找到缺点与不足，也不能从消极的品质中，找到它积极的优点与美丽。

每个人都有优点和缺点，这个道理我们都知道，但很少有人会去善于运用。

当你放下一切成见去运用挖掘的时候，会发现，生活中很多难题跟困扰其实都可以迎刃而解。

小燕是我朋友圈里一个比较活跃又非微商的朋友，她喜欢更新朋友圈，完全将朋友圈当作她记录生活琐碎事情的日记本。

她的这个习惯是从怀孕开始的，整个孕期的过程写得不太多，直到生孩子之后，几乎每天都能看见她的更新。从宝宝会笑开始一步步记录，一直坚持着，有时候早上刷朋友圈，能看到她半夜两三点的更新。

对于这点，很多朋友是佩服她的。

但是渐渐地，有些朋友发现，小燕除了喜欢记录宝宝的成长琐事之外，也会记录一些婆家跟娘家的事情。

在小孩奶奶跟外婆的事迹上，很明显呈现出黑白的状态。

只要是关于小孩奶奶的，都是各种不好的，言语间充满了不悦和讽刺。而关于小孩外婆的，言语间全是满满的感动。

久而久之，一些熟悉小燕的朋友就越看越不是滋味了。他们都知道，小燕的婆婆是从乡下来的。有些事情做得不那么称心如意，但是，从偶尔的接触中，他们知道小燕婆婆其实对她不错，即使这样也从来没有得到过她一句好。

亲妈的好处，她记得清清楚楚，感动得稀里哗啦，恨不得全天下的人都知道。婆婆的好她视而不见，一有点不开心，就全部记录下来公之于众。

对于她的这种做法，她老公自然不能接受，几次三番跟她产生口头矛盾。小燕认为自己没有错，她记录的事情都是真实发生的，又不是她编的，人家做得出来，她还不能说出来了。小燕的老公却觉得她心胸狭窄，两人为这事没少吵架，一次吵得严重了，小燕老公直接离家出走，一整晚都没有回家。

小燕为这事在群里面哭诉，她辛苦带孩子，每天花很多时间做功课，就怕带孩子的时候出现一点差错，做这么多，他完全看不到，就知道指责她，她真是没法过下去了，想要离婚，群里面都劝她不要冲动。

大家都当她是气头上的话，谁知道第二天，她又在群里哭着说，她跟老公提离婚的时候，老公居然反应很淡定，说如果她想离，他没意见。

她当时第一反应是吃惊，她跟老公是自由恋爱，她认为除了婆婆那点事之外，他们之间的感情是没有问题的。况且，婆婆做的事情，都是真的，她说出来有什么不对？难道忍着憋在心里才对？

她个性就是这样，想说什么就说什么，一直以来他都知道的，怎么现在就接受不了了？况且，除此之外，她平时为了这个家任劳任怨也付出了很多。

见她完全不知道问题出现在哪里，几个跟她关系较好的朋友就忍不住跟她打开天窗说亮话了。

她每天在朋友圈里夸自己的娘多辛苦，提到婆婆的事情全都是坏事，她们这些人看着心里都有些不舒服，就更别提她老公这个当事人的儿子了。

听见朋友的心里话，小燕心中很震惊，她完全没有想到，自己在朋友圈记录的那些事实并没有给朋友带来共鸣的心情，反而还引起了大家的反感……

小燕终于开始反省自己。

事实上，她确实恨不得把自己亲妈的好事全部都记录下来，一点点都舍不得忘。但是对于婆婆做的一些事情，她觉得理所当然，心里并无波澜。反之，如果婆婆做了一些不称心如意的事情，她心里就会莫名的愤愤不平，恨不能一辈子都记住。

离婚这事小燕本来也就是说来吓唬一下老公的，她自然没有想过真的要离婚，这事很快不了了之了。小燕跟她老公的生活恢复如常，她依旧在朋友圈更新自己孩子的成长事迹，但是关于婆婆跟亲妈的事情，她再也没有提过。过了几个月后，小燕更新的朋友圈里，出现了一组全家人出游的照片，婆婆跟亲妈都在其中，一家人其乐融融，隔着屏幕都能让人感觉到开心。

后来朋友一起出来聚餐的时候，小燕跟老公也总是形影不离的。

作为朋友的我们，一眼就看得出来，小燕跟老公的感情显然越来越好了，无论在吃饭还是玩耍的时候，小燕的老公总是对她体贴又细心。

私下里，我们都打趣小燕是不是有什么驭夫秘籍，竟然让她老公对她越来越好。小燕笑着说，自从她认识到自己的错误，跟她婆婆的关系好转之后，她老公也就开始越来越疼爱她。

无论是小燕，还是我们日常生活中对他人的看法，都会不知不觉受到晕轮效应的影响。

在这种效应的影响下，我们通常会根据身边某人的某一个突出特点去认识一个人，从而产生带有偏见的评价与对待。

很显然，小燕之前在对婆婆的看法和态度上，将晕轮效应的消极作用展现得淋漓尽致。所幸在周围朋友的指点下她及时改正，让一段原本即将走向破灭的关系，又重新燃起了希望之火，并且达到了前所未有的温度。

在这个世界上，"一无是处"和"完美无缺"基本上是不存在的，无论是普通人，还是看似很优秀光鲜的人，或多或少都会有这样那样的毛病，相反，所谓三人行必有我师，也是这么个道理。

当我们总去抱怨生活中的不如意，放大每个人都不可避免经历的阴暗面时，世界自然就是灰色的。当你的眼睛善于去发现美，那么生活中自然不会缺少阳光。

我们都是独立的个体，每个人的心情都会影响到身边的人，开心或者是抱怨控诉都会传染，无论是谁，都不会愿意跟一个眼睛里只看得到缺点的人生活，总是用着别人的错误来挑刺的人，再亲近的人也会渐渐远离。

倘若我们抛开所有偏见，心无杂质地用心观察，慢慢体会，换个角度思考，我们自然就会发现生活是多姿多彩的，处处都会有美的踪迹，每个人都有动人的光彩，不同体态的美，不同性格的美。当我们时刻不忘去寻找别人的闪光之美时，我们的心灵是积极而愉悦的，我们的一举一动都会让生活充满乐趣，带给别人满满的正能量，这是任何世俗的名声跟金钱都不能给予的。

美丽的女人未必能发现美，能发现美的女人必然有自己独特的魅力，用心灵诠释着人性的美好，做一个眼睛里有美身上有光的女人，明媚自己，温暖身边每一个对你来说都很重要的人。

控制情绪方能赢得尊重

君君是我作者圈里的一个朋友，初认识她的时候，我就觉得她非常的热情跟仗义。一个刚进群不到一天的人，对于她来说也就是个陌生人，但当人家表示遇到了点困难时，君君二话不说，发动自己所有的关系，帮这个陌生人解决了问题。

我所以觉得君君是个很善良的姑娘。随着之后的深入接触，我发现君君确实爱帮忙，有求必应。她也爱热闹，群里面有她，就不会太冷清。

可是随着深入了解的同时，我也渐渐摸清

了她的个性——她是一个特别情绪化的人。

遇到不公平的事情，她丝毫不会掩饰自己的情绪。生气会写在脸上，会在文字中表达得淋漓尽致，不给人留一丝余地。

比如有一次大家要举办一个活动，君君是活动的负责人之一。一个作者在说好的时间没有如期出现，爽约了。活动进行到一半，那个作者才出现。君君当时心情不怎么好，没控制住自己的情绪就当众说了她几句。那作者当众被说觉得没面子就跟君君吵了起来，导致好好的一个活动，最后弄得乱糟糟的。

还有一次，君君有本新书要出，这本书花费了她很多的心思，公司也说是按着重点书去做的，但封面出来后，君君大受打击，因为封面实在是太丑了。要知道一本书销量好不好，封面也占了很大的比例，如果封面不好看，注定一开始就要损失一大批读者。更让君君窝火的是，同期出来的普通书的封面的底图都要比她的贵三倍，好看很多。

在有了对比之后，伤害就更大了，君君火气上来，直接去找了编辑理论。因为情绪激动，君君言辞很不客气，丝毫没有委婉的商量语气。编辑本来因为各种工作忙得焦头烂额，她这样一闹，编辑心情也是差到了极点，两人争论不休，最终不欢而散。

事后，君君在群里把这事给我们说了。听完之后，群里的人大呼吃惊，说君君性子太急，太冲动了，发生这样的事情，最好的解决方法是心平气和地坐下来，好好商谈，你一去就把编辑给惹怒了，还想不想编辑好好给你做这本书了？

要知道，书写得好很重要，但后期制作过程同样重要，整个制作过程都需要责编把控。人家做得再不好，那也是人家用心给你做的，花了很多时间和精力，结果得不到你一丝的感激，反而一上来就是指责批评甚至用各种恶劣的语言去刺激别人，这哪是要跟人好好解决问题的态度，这分明是要跟人结仇啊！这样的冲动，非但对问题没有一丝帮助，还会让编辑心里产生各种抵触情绪。

君君听了大家的话后，心里也很担忧和后悔。她也不知道自己怎么了，脾气上来就控制不住，心里有什么气话，就统统说了出来，不带一丝掩饰跟收敛的。

可是，话已经说出了口，闹也闹了，泼出去的水再也收不回来了，君君只能为自己的这次冲动付出代价。

最后她的编辑虽然有继续给她做这本书，但是好好的一本重点书，做得还不如一本普通的书，销量自然也不理想，而公司也渐渐不再把精力放在她的身上。她混了一两年都没有混出名堂来，也只有等合同到期，再准备找个新东家发展。

君君的个性不仅对她的事业有所影响，恋爱也同样如此。君君长相中等，不算出色，平时也宅，现实生活中朋友不多，到了二十出头才遇到自己的初恋，而且还是网恋。经过一段时间的异地恋之后，君君搬去了小齐城市居住，两人之间虽然偶尔有矛盾和口角，但因为处于热恋阶段，很快就和好了。

直到有一次，君君去逛超市的时候，看见小齐在大街上跟一个女孩子搂搂抱抱，很亲热的样子。君君当时气疯了，她为了他千里迢迢搬到这个城市来，他居然这么快就出轨脚踏两条船，简直是可忍孰不可忍！

君君想当场抓现形，于是气冲冲地跑过去，二话不说，拉开正在跟小齐搂搂抱抱的女孩，一个巴掌就甩在了小齐的脸上，大骂小齐渣男。她几乎把她能想到的所有难听的话都骂了出来，熙熙攘攘的大街上，引来不少的人围观。

直到君君冷静下来，小齐才脸色极为难看地告诉君君，这个女孩是他姑姑的女儿，他的亲表妹。从小到大，他都把她当自己亲妹妹一样看待的。

君君当时愣住了，小齐曾经告诉过她，他确实有一个像亲妹妹一样对待的表妹。可是，刚刚看到他跟一个陌生女孩那么亲密的样子，她只想到是他出轨了，完全没有往另一方面去想，她当时根本就没办法冷静。

因为这件事情闹得人尽皆知，小齐的家人对君君的印象也极差，小齐跟她的感情一下就冷了下来，后来和平分手。

从一开始我就认为君君绝对不是一个坏姑娘，到现在我也不认为她坏。可是，这样一个不坏的姑娘，为什么会如此不顺利呢？

显而易见，这跟她的性格脱不了关系，本来一件好好的事情，在她的急脾气的干扰下，最终都会弄得很糟糕。

在遇到事情的时候，她从来不会想着先如何控制自己的情绪，而只想着如何去发泄自己的情绪。

在与朋友相处的时候，急脾气可能会让我们因为一件小事而伤了和气，在工作的时候，急脾气可能会在我们的工作中给自己制造不少的麻烦，在婚姻中，急脾气很容易让我们的家庭时常处于鸡飞狗跳的状态，而在教育中，我们的急脾气也很有可能对小孩的成长造成不健康的影响。

无论在什么样的情况下，我们都该学着控制自己的情绪，因为情绪会变平静，但伤人的话却永远都收不回来。

拿破仑曾说，能控制好自己情绪的人，比能拿下一座城池的将军更伟大。

情绪管理是我们掌控自己的重要方法和手段，有情绪、发脾气只会让问题变得更糟。因此，千万不要让情绪左右自己的决策和行动。

在问题出现的那一刻，我们一定要先控制好自己的情绪，忍耐住，不要激动，不要发火，不要在情绪激烈的时候说过激的话。忍耐，控制情绪，不是让我们不去解决问题，而是让我们先经过思考，再去衡量适合的力度，什么话该说，什么话不该说，怎样才能更有效地解决问题，从而不让本身已有的问题再去生出不必要的问题。

问题来临时，我们不要慌不要急，时刻记住，解决问题的最好状态绝对不是在生气激动的那一刻，待冷静下来时，一切都将迎刃而解。

一个会控制自己情绪的女人，哪怕她不够聪明，但能给人一种稳重感，哪怕她不善言辞，但看上去也特别温和善良，哪怕她不漂亮，但别人也会觉得她格外优雅，她不费吹灰之力，就能赢得所有人的尊重。

如果我们活成了自己讨厌的模样

　　我们每个人小时候，都会有自己的梦想，比如我要当科学家，我要当宇航员，我要做警察，等等。我们梦想自己成为好人，成为英雄，做自己喜欢的事情，然而长大后往往背道而驰，在成长的路程上历经波折的我们，反而渐渐地活成了自己曾经讨厌的模样。

　　好友萧萧跟我说，她小的时候，特别不喜欢虚伪的人。读书的时候，发现有谁说一些特别虚假的话，做一些特别虚伪的事情时，她总是义愤填膺，不管三七二十一就跑去拆穿人家。虽然经常遭到别人的报复，可是，拆穿别人虚假面具的那一刹那，她感觉特别爽，特别解气，那时的她，最讨厌的就是虚伪之人。

可是近来，萧萧觉得特别迷茫，毕业后的她参加工作两年，也已换了三份工作。萧萧不是吃不了苦的人，更不是没有能力的绣花枕头，她只是性子耿直，见不得那些花花肠子，更不屑于阿谀奉承，因为性格的关系，导致她前两份工作都丢了。

前两份工作的失利，也让她看到了自己性格上的弊端。性格直，不会刻意去说违心的好话，在看见别人耍心机，她也做不到视而不见，这是她的特点，却也让她在职场上举步维艰。

她家里条件一般，由不得她不好好工作。已经失去两份工作的她，在开始第三份来之不易的工作时，她变得小心翼翼，做事开始考虑后果，无论如何，她都不能丢了这份工作，并且，她还要努力做好自己的工作。

要做好这份工作，她就不得不开始掩饰起自己身上的棱角。该忍的时候，一定不能冲动，不该说的话，绝对不能脱口而出，这是她开始迈出的第一步。这对于她来说，其实很困难，可是想到自身的情况，再困难她也克服了。

她渐渐变得睁一只眼闭一只眼，不管闲事，甚至，在面对领导跟客户的时候，为了工作，她还能说一些违心的好话，只为哄着对方，得以让自己的工作更顺利些。

刚开始的时候，她或许觉得很难，不习惯、不自在，不过次数一多，她就自然而然了，可是下班回家照着镜子的时候，她觉得自己的脸上不知不觉地多了很多张虚伪的面孔。

这明明是她曾经最讨厌的模样。

萧萧迷茫地跟我说："为什么我会活成我曾经最讨厌的模样？难道这就是成长的代价？"

与其说这是成长的代价，不如说这是成长的一个过程。

我们每个人每段时期讨厌的东西，其实是会发生变化的，因为接触的事物不同。所谓讨厌和喜欢，其实不能完全作为衡量好坏的标准，而有时候，为了种种原因，我们会做一些曾经不喜欢做的事情，这巨大的落差，会让我们困惑恐慌。

可是这并不是说，我们做错了，或者讨厌错了。

如有的人以前是文青，他讨厌满手铜臭味的商人，等有一天，他成了商人的时候，他又开始讨厌一身穷酸味的文青。

又比如，小时候我们讨厌说谎的人，可是渐渐地我们会明白，妈妈所说的"我不饿""我不累""我不喜欢吃"，这些其实都是善意的谎言，我们该讨厌的是说谎的坏人，而不仅仅是说谎的人。

讨厌可以分为两种，一种是可原谅的讨厌，另一种不可原谅的讨厌。

可原谅的讨厌是从前的我们因为无知所产生的是非观念，当我们长大了，经历了成长的变故和磨合，我们变成了那个曾经所讨厌的人。虽然那未必就是绝对正确或绝对错误的，但总是有值得我们原谅与宽恕的地方，因为那是我们成长必然要经历的一个过程，我们不可能永远都生活在纯净无忧的象牙塔里。

而另一种不可原谅的讨厌，确切地说，是触及了道德良知充满恶意，甚至是法律界限的。

有位读者曾经跟我说，她的婆婆是朵奇葩。

有事没事的时候，婆婆就会跟她说一些婆婆的婆婆也就是老公奶奶的事情，婆婆不断在她的耳边描述老公奶奶的种种不是。曾经对婆婆苛刻，生怕婆婆多吃了个鸡蛋，婆婆多花点钱脸就拉得老长，特别唠叨特别爱鸡蛋里挑骨头，总而言之，她婆婆就是在她的耳边说尽了老公奶奶的各种坏话。

她听了有些哭笑不得，心里百般滋味，有时候婆婆说个没完没了特别起劲的时候，她就会忍不住说一句："所谓媳妇熬成婆，您现在已经熬出来啦。"

稍微聪明点的人，不会听不明白她话中有话，可是她的婆婆听不出来，婆婆还当她是在替自己庆幸感叹。

婆婆言语之中深深地透着对老公奶奶所作所为的讨厌，即使那么多年过去了，鸡毛蒜皮的事情，她都记得清清楚楚，可是等她终于媳妇熬成了婆之后，她又是怎么做的呢？

对于吃各种节省，生怕饭菜弄多了吃不完浪费，或者一碗剩菜能吃个三四天。平时那个读者自己买了件喜欢的衣服，她婆婆就会跑过来阴阳怪气地问："这件衣服肯定不便宜吧？年轻人还是省着点哟，柴米油盐的，哪儿哪儿不要钱？"

那些曾经老公奶奶所做过让婆婆厌恶的事情，她一件不落地全部使在了那个读者身上。

那个读者也很无奈，其实最可怕的不是一个人变成了自己曾经最讨厌的样子，而是一个人变成了自己最讨厌的样子而不自知、自省、悔过。

是的，我们在琐碎的生活中不小心活成了自己最讨厌的样子，这其实不算糟糕。如果我们能看见自己的模样，会有很大可能性不会让自己再继续糟糕下去，可是这一切自己看不见，或者看见了，也完全无视，任由自己越来越错，越来越厌恶自己的时候，后果将不堪设想。

我再举个家暴的例子，对于每个小孩子来说，家暴发生的那一刻，犹如天崩地裂。每个经历过家暴的小孩，必然是无比讨厌家暴的，一定也有很多小孩曾经在心里发过誓，以后无论如何也不要家暴。

可是，那些经历过家暴的小孩，通常长大以后发生家暴的概率是极大的。因为家庭的环境对小孩心理成长会造成极大影响，当他气愤达到了一定程度的时候，小时候的画面就会出现在脑海里。当然，这个时候他不会再害怕，他只会觉得这是一件理所当然的事情，继而制造家暴。

亲手制造家暴之后，他或许会憎恨讨厌自己的所作所为，但是下一次情绪激动的时候，家暴还是可能会发生。

他会越来越讨厌自己，越来越厌恶生活，把一切过错归咎于小时候的影响，却从来不会认为，这种悲剧其实是他一手酿成的。一切过往环境跟周围的因素或许会成为一种催化剂，但该怎么做的决策权，是在他自己的手里，这是任何人都没法强行夺走的。

很显然，这个时候，他不是该选择如何去原谅自己，而是该如何去纠正自己，如果不能纠正，那么这种恶劣行为的最终结果，将会是绝对的惩罚。

如果有一天，我们成了自己曾经讨厌的那个人，不要害怕，不要迷茫，我们能看到自身的问题，这就不算是一件坏事。然后该原谅的原谅，该调解的调解，该纠正的纠正，该跳出来的跳出来，这一切都是一种自我的行为，决定权是牢牢把握在我们自己手中的。

只要我们不放任自己，从此活在自己对自己的厌恶当中，一切就还来得及。

就算再讨厌，也不要忘记感谢生活中带给我们的一切，是它让我们成长成熟。可能这个过程会让我们产生很多情绪，可是，人终归要长大，我们从出生时的懵懂依赖、孩童时的学习索取、中年时的责任独立、老年时的极速衰退，然后安享晚年，落叶归根，走完整个人生。

人的成长就是这样的一个过程，我们在单纯无知，没有生存能力之时，我们学习着，玩耍着，理所应当地索取着。然后健康长大了，这是责任之下给予我们的特权优待，当给予我们依赖任我们索取的那个人逐渐不支时，我们就到了独立担责的时候。当我们开始担责的时候，我们就要渐渐和这个世界友好调解磨合，原谅包容它的一切不美好，即使我们无法成为曾经想要成为那个明亮的人，但是我们可以努力折中一下，至少，不让自己活在灰暗当中。

生活与成长是一个很残酷又很神奇的过程，它会带给我们惊喜，也无法避免让我们生厌。可是没关系，无论对错，只要我们不忘初心，记得最初的自己，从惊喜中珍惜我们所拥有的一切，从讨厌中汲取有用的能量，让我们变得更加充实、坚强，从不慎落入的灰暗中跳出来，去探索去寻找最初追寻的方向，然后在成长的点点滴滴中，我们慢慢淬炼出那个最好的自己。

一切不美好是为了衬托美好的存在

在如今这个时代，每个人的胸口上都会压着一块石头，这块石头有可能是由工作的烦恼所凝成，也有可能是由家庭的矛盾困难差异而形成。总之，有各种各样的原因，只是因人而异，而我们每天都要承受着它所带来的压力举步前行。

毫无疑惑，上至世界首富下至社会底层人员，每个人都无法逃脱束缚在心上的压力，压力无处不在，然而每个人对它的处理方法却有所不同，有些人或许能将它很妥善地反解，有些人却会在日积月累中瞬间被它击溃。

除工作上的施压不说，其实大多的压力都

来源于家庭亲子之间，也可以说是来自爱的压力，在这种压力之下，它或许会因为爱而创造更大的爱，也或许会因为爱而创造不可挽回的悲剧。

前段时间高考结束后，微博的热搜上，出现了一则新闻。新闻大概的内容是一位妈妈给孩子填错了志愿，因为觉得自己耽误了女儿一生的命运，无法承受内心巨大的自责与压力，最终选择留了一封遗书离家出走，几天后，在一条河里发现了她的遗体。

这条新闻引发了网友们各种言论评判。

有同情的，也有指责的。

同情一类的，大概说的是：现在孩子读个书不仅孩子压力大，父母的压力更大，生怕自己孩子在这场等同于可以改变命运的高考上出现一点点差错，而孩子在父母全家人翘首以待的重重压力之下，也不敢有片刻的放松，这种现状其实很可悲也很无奈。

很多人表示能理解她，但是绝对不赞同她这种过激的做法。

指责一类的，大概说的是：这位母亲的抗压能力太弱，太钻牛角尖了，高考固然重要，她固然也犯了错。可是，在明知自己做错了的情况下，她只想着惩罚自己，却没有想过，她这样做，对女儿是一种更大的伤害。

网络上各种各样的言论都有，众说纷纭。身为局外人，我们没有身处那种处境，也完全没办法去体会当事人的心理。

只是看到这样的一则新闻，我情不自禁就想到了发生在我自己身上的一件事情。

2016 年冬天，大家都准备开始过年了，我却因为一次疏忽，导致儿子被烫伤，这是我犯下的第一个错。当时太过紧张，我也完全忘记该给他做烫伤后的急救措施，只一心把他往医院里送，这是我犯下的第二个错。在医院里，护士给儿子上药的时候，我发现额头的部位没涂到药，于是跟护士说了声这里是不是没上药，护士简单说了声，上了药的，就缠上了纱布，后来，儿子唯独额头那个部位留了疤，这是我的第三个错误。

儿子才一岁多，一张干净稚嫩的脸蛋上，不仅留下了坑坑注注的印子，额头上还留了一道很长的增生性疤痕，鼓得高高的，硬邦邦的。

疤痕一旦增生基本上没有神药可以让它消除，只能依靠物理加压，每天涂药，按压，然后贴上疤痕贴，再垫上一块胶垫，再用弹力套压上。

我咨询了很多医生，很多烫伤的宝妈，物理加压是可以让增生疤痕变平软的唯一途径，可是，这需要耐心和恒心。结果因人而异，有的可能只要加压半年，有的可能要一两年，或者三四年。

弹力套绑在头上加压，这种做法得到了我家人的强烈反对，家人认为加压会影响大脑发育，不要治好了疤从而变成了一个傻子。

我的内心有多么的煎熬，心理压力有多大，没人知道。

我一边想着不能错过给孩子治疗疤痕的最佳时机，错过了以后再治就困难了，治疗也得等他十几岁过后才能进行。等到了那个时候，他已经过了他最关键的成长期，我害怕这个疤痕会对他的成长造成影响，使他自卑，被同学无心的笑话打击。虽然一般人也没有那么无聊去多嘴，但人总是好奇的，他额头有个疤，别人总会往他那个疤上面多看一眼，这一切，想想都让我心碎。

同时，我也担心这样绑着他的头会不会真的影响他的大脑发育，如果以后真的影响了智力，那我岂不是最大的罪人？

该怎样抉择？该怎么做？未来又会怎样？

重重的问题压在我的心里，常常让我彻夜难眠，能睁着眼睛到天亮。

状态最糟糕的时候，我有严重偏向抑郁症的倾向，总是在突然之间就会不停地流眼泪。除了儿子之外，做任何事情都心不在焉，恍恍惚惚，胆战心惊。

这种来自爱的压力，负面情绪的堆压，让我内心备受煎熬，痛不欲生。

我所有的情绪变化，先生是最先察觉也能深深体会的，他总是找机会跟我谈心，开导我。

他说："一个男孩子留点疤不算什么，最重要的是他的心理成长。他如果乐观开朗，这个疤对他是无足轻重的，但是要让他乐观开朗起来，我们就不能整天唉声叹气以泪洗面，我们得开朗起来，我们不能太去在意他那个疤。"

"每个人来到这个世界上不可能都一帆风顺，生老病死都是常态。儿子虽然额头上有个疤，但是他身体健康，有那么多家人爱他，他算不上不幸，甚至跟那些得了绝症的孩子相比，他是幸运的。"

"要想儿子不去介意他的那个疤，首先我们得先把心态摆好，用平常心去对待，我们的所作所为、一举一动都会给他造成直接的影响，这才是他最大的幸运与不幸。"

经过先生的开导，以及各方面的领悟，我渐渐发现了我很多方面的不妥。

以后会发生什么样的事情，没有人知道，但是我没有做好，是一定会给儿子造成影响的。

已经发生的伤害不能挽回，如果整天沉浸在这些悲痛中不能自拔，那么我也只会把儿子拖进我的悲痛中来，对于正在成长阶段的他才是最为不利的，其后果将不堪设想。

一次失误绝不能代表一辈子，但我若是因为一次失误从而生出连环的负面影响，那才是真正对不起我的孩子。

我开始调整自己的心态，不再每天不由自主对儿子小声自责地说"对不起"，不再动不动就对着他泪流满面。

我们的关注点不应该是疤痕，而是生活，是与儿子成长的点点滴滴，是未来美好的一切。只要他的性格足够健康阳光，这一点点疤痕，又怎会成为阴霾笼罩着他呢？

就像那个填错了女儿高考志愿的妈妈，对于女儿来说，一所大学，必然无法与妈妈的陪伴相提并论。

我们可以想象，那个女儿会不会在事发后恨不得自己从来没有参加过高考？在学校里读书的时候，会不会每天都活在妈妈去世的阴影里？

妈妈无疑是爱女儿的，她在给女儿形成第一次伤害的时候，她没有及时止损，心里背负太大的愧疚与压力，无法原谅自己从而走上绝路，最终直接给女儿造成终身无法挽救的伤害。

很多时候，因为足够爱所以我们才会有足够的情绪压力。

可是，正因为有爱，我们才不能被那些压力以及各种负面的情绪所打倒。不能任由自己在负面的情绪里放逐，生活中总会有各种不美好的事情发生，正因为有不美好，所以我们才要更加去珍惜那些美好的存在。

我记得曾经有人说过一句话：一个人的情绪压力是很有杀伤力的，别人不需要费吹灰之力，你自己就能灰飞烟灭。

压力本身是无形的东西，是因为我们自己的纵容，因为我们自己的加速催化从而让它产生了强大的化学反应，使其成为一种能伤人的武器，而它往往伤害的都是自己，以及身边最亲的人。

没有什么困难是时间不能带走的，我们之所以过不去，不是被别人为难，而我们败给了自己。

无论如何，也不要让自己蜷缩在压力的阴霾中，正所谓生命中有裂缝，阳光才能照进来。

疤痕或许是孩子额头上不能抹去的印记，但微笑更是他脸上不能缺失的一部分。

所以，为了孩子的微笑，为了周围那些爱我们，以及我们深爱的人，不论发生了什么事情，我们的思想都不要过于极端。不要把自己逼到死角，在心里留一片清欢之地，所有情绪压力、俗世纷扰不过是一场浮生惊梦，时间自会让它烟消云散。

人生是一场回不了头的旅行，我们每一个人都是旅行者。在这场漫长的人生旅途当中，我们一路上会遇见很多不一样的风景，不必过分执着于其中的某一朵花，某一棵草，某一场风雨，某一片天蓝。而是应该放眼整体，感受丰富的生命体验，体会美好的人伦情感，目视前方，不要错过下一刻即将出现的美好，以感恩之心迎接每一次降临的温暖。

我们身在浮世，免不了坎坷波折，悲欢离合，只要我们的心情足够明媚，笑容足够坦荡，清欢依旧，不惧流年，一切带有瑕疵的不美好，也只会成为衬托我们生命中一切美好的存在。

没有理所当然，只有心甘情愿

安琪跟玲玲是同一个宿舍的室友，安琪家庭条件好，典型的富二代。性格特别好，为人直爽，跟谁都处得来。不管对方有没有钱，她都一个态度，她总是给人一种特别舒服的感觉，大家都挺喜欢她的。

玲玲来自农村，家里条件不好。她皮肤也要比几个城里的室友黑，无论是外貌还是穿着，她都跟室友们无法相比，尤其是跟安琪。两人往那儿一站就是天差地别的感觉，所以她特别自卑。

但是安琪待玲玲一视同仁，无论是请人吃

饭，还是送东西，都会有玲玲的一份。

最开始的时候，玲玲是又惊喜又感激。因为安琪的关系，她也渐渐尝试了她以前完全没有机会接触的东西，精致昂贵的包包饰品、大牌的护肤品，甚至安琪偶尔买了几件上千的衣服，如果不是太喜欢，也会随手就送给玲玲。渐渐地，玲玲开始摆脱以前土俗的形象，变得有点时尚了。她也开始打扮自己，她没有钱，一切的来源都靠室友的赠予，尤其是出手大方的安琪。

但是赠予的毕竟有限，尝过了好东西的甜头，玲玲就再也看不上自己以前用的廉价护肤品。她经常趁安琪不在的时候，偷偷擦她的护肤品。有一次安琪发现了她在偷用，心里非常不悦。到底是室友，她也不想弄得太难看，于是干脆将那一整套护肤品都送给了玲玲，希望她以后不要再干这种偷偷摸摸的事情。

过了一段时间，安琪趁着学校放长假，跟几个友人去国外旅游。因为种种原因，她提前了两天回来，回宿舍的时候，却发现玲玲居然在她的化妆台前用她的化妆品化妆。

安琪这个人有一点洁癖，不太喜欢别人用她的东西。很多时候，玲玲对安琪的衣服物品表示喜欢，摸了又摸的时候，安琪都会毫不犹豫就送给她。但是，安琪大方并不等于就能容忍别人一而再再而三地偷用她的东西。

这一次，安琪很生气，跟她大声争吵起来："为什么不经过我的同意，就碰我的东西？"

玲玲忙解释道："安琪，你别生气，我只是从来没有化过妆，看你们化妆那么漂亮，我也想试一试，可是我又没有化妆品，所以只能借你的用一下。"

"借？那你有跟我说过吗？如果你跟我说了，我送给你都没有关系，没有经过我的同意用我的东西，你就是在偷！"

玲玲也恼羞不已："你至于把话说得那么难听吗？大家都是室友，那么熟了，我只是用了一点点你的化妆品而已，至于那么小气吗？"

安琪被气笑了："我小气？你不要把我对你的好当成理所当然，我给你是我好心，我不给你，也是理所应当！"

说着，安琪将玲玲刚刚用过的化妆品全部收了起来，抱着扔进了一旁的垃圾桶里，就离开了宿舍。之后即使在同一间宿舍住着，她也把玲玲当成透明的人，而玲玲的一些做法其他的室友其实也早就看不下去了，这次安琪跟玲玲闹翻后，大家也渐渐疏远了玲玲。

贫穷并不可怕，可怕的是贫穷的外表下有一颗贪婪的心。把别人对自己的好当成理所当然，无休止地索取，自然会无人再愿意为你付出，自己身上也会贴上一辈子都撕不下来的标签。

在玲玲看来，安琪为人大方又有钱，今天用她点这个，明天她送点那个，她也不在意。久而久之她就觉得是一件正常且理所当然的事情，反正安琪人好钱多。

正因为她认为安琪这么做是理所当然的，所以她才不会知道什么叫分寸。她已经完全放弃了思考，只沉浸在不知足的索取中，认不清现状，目光极为短浅，不去想一个人的付出其实是有限的，同时，一个人的索取也不可能是无限的。

很多时候，我们为一个人付出并不是希望对方能够给予回报。但让人心寒的是，有些人非但不知道回报，甚至连基本的感恩与知足都做不到。甚至，把任何人对自己的好当成是理所当然甚至是应该的，这是一种很可怕的观念，然而，这种观念在我们的亲情中都是存在的。

君君从小生长在农村，家里有个哥哥，父母都是务农的，一些思想观念都比较传统，甚至是古板，从小到大，她一直被爸妈"洗脑"。

比如说。

哥哥是男孩子，以后要赚钱要养家养老的，身体一定要养好，所以每天给哥哥的伙食费，总是要比君君多一倍不止，尽管正在长身体的君君也经常感觉到饿，但是她的伙食费从来没有涨过。

从初中的时候开始，妈妈就跟君君说，以后要嫁给一个有钱的，对你哥哥有帮助才好。

君君高中没读完就辍学去打工赚钱了，她赚的钱自己永远都攒不下来，因为爸妈经常说，你哥哥内向，一定要把家里条件创造好一点，不然会娶不到老婆的，于是，她自己的工资一分不留地全都给了家里，开始是给哥哥买房、买车，后面是给哥哥订婚，再接下来是给哥哥结婚。

君君是个孝顺的孩子，不希望自己的爸妈为了哥哥的事情太累，希望家里的条件越来越好，所以，她基本上是有多少就会给多少，有时候觉得太少了，她还会去朋友那里借。

君君认为自己对家里付出了一切，然而，等她结婚的时候，因为她没有听家里人的话嫁在本地，而是嫁在了外地，导致家里人全都不赞同，但是君君怀了孕，生米也煮成了熟饭，男方那边不得不为他们举行婚礼，然而在婚礼上爸妈并没有来参加，哥哥勉为其难地拿着她买的飞机票过来参加她的婚礼，但是，他仅仅就是过来了一下，他连一个红包一分钱都没有给妹妹拿，更别提祝福二字。

君君渐渐心寒，结婚的时候她一分钱存款都没有，全给了家里，如果是给爸妈用，她毫无怨言，然而她的钱全都是给哥哥买房，给哥哥买车，给哥哥结婚。

而她结婚的时候，哥哥一毛不拔。君君不敢想象，这样的事情居然会发生在自己的身上。

结婚后不久，哥哥决定在省城再买一套房，但是缺了点钱，哥哥找到了君君，让她借点钱给他，当时君君正跟老公商量买一辆车，都已经给了订金，只差车到的时候去拿车了，为了买车，他们本身就欠了外债，这个时候君君是真的拿不出钱来借给哥哥。

于是哥哥反复叨扰，说什么嫁出去的女儿怎么可以不帮娘家人，等以后她有什么事了，还有什么脸回娘家之类的话。

她听得烦了，决定拿两万借给哥哥，哥哥当下就嫌少了，说道："至少五万，两万块我一两个月就赚到了，你借还不如不借。"

哥哥的口气非常硬，君君不仅是心寒甚至是气愤了，她自己本身就缺钱，愿意去借钱借给他买房，他非但不满足，还觉得少了，她就跟哥哥说："哥，我们家最近在借钱买车，如果你买房实在凑不起首付的话，你们可不可以缓一缓，不如先借我点钱，让我们把车买了。"

君君并不是想向哥哥借钱，只是想以这种方式让哥哥能站在她的角度为她想一想，她也缺钱，她不是只付出，不需要帮助的。

哥哥听了后没有一丝惭愧，也很愤怒："要我不买房借钱给你买车？你想得太美了吧？这种话你也说得出口？！"

说完，哥哥就把君君给拉黑了，君君后面几个月给他打电话，他也不接了。

在哥哥的观念里，她不借钱给他，还让他借钱给她，是一件不能原谅的事情。

君君彻底心寒，后面即使家人为了缓和兄妹俩的关系，愿意偷偷拿几万给君君，让君君以自己的名义借给哥哥买房，君君也拒绝了，她一分不会再出，因为她不会再纵容哥哥这种"嫁出去的女儿为娘家付出是理所当然"的观念，孝顺父母是理所当然的，但是对于哥哥，她没有一而再再而三地付出的必要。

最关键的时候，她的付出不会得到哥哥的感激，他只会觉得，这是她应该做的。

不管什么样的一种感情关系，付出跟收获应该是成正比的，哪怕是一颗再灼热的心，长时间只知道消耗热量，却不去增添暖源，最终也会一点点冷下去，然后再也暖不起来。

这个世界上，没有谁是非要给谁付出一切不可的，也没有谁给另一个人做事是绝对应该的，就算是孝顺父母也讲究理性的孝顺，那么请问，我们拿什么资格跟底气要求别人该为自己付出？

没有理所当然，只有心甘情愿，如果我们想要另一个人做什么，那么前提我们要先做一些事情，让对方心甘情愿为我们做，要让一段感情关系能够长长久久，那么必须是互暖跟共暖的。

不要等到那个人不再为你付出，你才学会去体会，当初他的付出多么不易，你什么都没做，也来不及做。不要等到身边的人一个又一个地离去，在你最孤立无援的时候，没有人再愿意施以援手。

　　没有任何人给予的好是可以取之不尽用之不竭的，没有任何一段感情是可以扎实到任我们肆意挥霍浪费的，人生苦短，光阴凉薄，这世间每一次付出，都是一种恩赐，一种人与人之间温暖的传达，用心感受，用爱回报，不负恩情，且行且珍惜。

你离最美的风景，只差一步

儿子森森一天天长大，总想着带他多出去走走，看看外面的世界，上周末的时候，我们一家三口与好友一家再一次踏上了行程，森森尽管才三岁不到，但是长途、高速、高铁、火车、飞机都坐了无数次，所以，我并不担心他出远门会有所不适。

然而，也正因为我的"不担心"从而导致我疏忽了一点，我们即将出发的目的地是泸沽湖，四川境内大多都是大山地区，而泸沽湖正是在大山的深处，省道环山修建，急转弯一个接着一个，人坐在车子里被甩来甩去，特别难受，向来不晕车的森森开始焦躁起来，我起初以为他是肚子疼。

我出发去泸沽湖的前一天，停留在西昌吃了当地特色菜醉虾，肠胃不太好的我，第二天出发去泸沽湖的时候就开始肚子疼，停了几次车上厕所，年纪小表达不清楚的森森，也跟着我说："肚肚疼，上厕所。"没有经验的我，以为森森跟我一样吃坏了肚子，不舒服，再加上他在车上一直吵闹，还主动要看医生吃药，身为妈妈的我，心都是揪着的，小孩子不会撒谎，他肯定是很难受才会这样。

应森森的要求，也停了几次车让他上厕所，结果他一下车状态就好了，看花看草就是不上厕所，然后一上车又开始摸着肚子说肚肚疼要上厕所。

反复折腾了几次之后，我们终于明白，他可能不是肚子疼，而是晕车了，他只是想下车，我们的车已经开了一个多小时左右，然而要到泸沽湖还要开四个小时这样的绕山公路，这样漫长又艰难的路程，对于此刻的森森来说，简直就如同一场酷刑。

我起了打道回府的心思，只是没好意思说出来，毕竟跟我们一起出发的还有别人，不好扫兴。

于是又哄着森森上车继续走，只是没过多久，森森就哇哇吐了我一身，再次停车换衣服，我心里很纠结，担心森森吃不消，又一次起了想回家的念头，跟老公提了提，老公沉默，朝这会儿正在玩耍的森森看去，森森吐完之后，显然舒服了很多，下车继续又跟同车的小姐姐嬉笑追跑，他显然很喜欢小姐姐，也很喜欢大自然，我不忍他坐车受罪，也不忍他就此终结此次旅程。

我们最终商量继续前进，如果他状态实在不好，就停车休息，或是找家酒店住下。

后来上车之后，森森又开始吵闹，导致我有种罪恶感，是不是不应该再坚持继续前行，应该即刻放弃。

当然，也就在我这种纠结难过的心情当中，吵吵闹闹的森森渐渐睡着了，这一觉一路睡到泸沽湖，安然无恙。

睡醒下车后的森森很开心，见到了他心心念念的野鸭子，还有湛蓝的天空，洁白的云，美丽的湖水，碧绿的水草，他在湖边奔跑，坐在船里戏水。

看着他与大自然亲密接触时欢笑奔跑的模样，我庆幸，还好我在想要放弃的时候，又坚持了一下，让森森和我都收获了意义不凡的美景。

跟这次旅途一样，其实我们的生活中也经常会遇到这样的时刻，当我们给自己定了一个目标需要努力的时候，努力的这个过程，必然是艰辛不易的。好像全世界都在跟自己作对，哪哪都不顺，那一刻，想要坚持，但也更想放弃，坚持和放弃，两对词组，两种概念，两种选择，最终的境遇也注定天壤之别。

我们要放弃很容易，随时终止即可，只是所有之前做出的努力都完全报废，然后又回到原点，别的没有，唯一的收获就是我们又多了一次失败的经验。

要坚持很难，过程很煎熬，还有各种忧虑纷扰，导致我们害怕犹豫不决的时候，就会选择看上去相对容易的放弃。

事实上，我们坚持了那么久，离最美的风景，或许只差那么一点点的距离。

在这里，我还想举一个生活中最常见的例子，比如说减肥。

身边很多女性朋友，包括我自己，减肥是个永远不会过时的话题。

我们几个好友经常约着一起减肥，互相监督鼓励，节食断糖加运动，其实是非常有效的一个方法，但对于吃货属性的我们来说，一天两天其实还好，但时间长了，肚子里的馋虫怎会不蠢蠢欲动？就算我们自己不动，身边也多的是勾动我们的人，那么这个过程最重要的事情当然就是坚持了。

我们这些人里面有坚持下去的，也有没坚持下去的，坚持下去的，只有一个理由，瘦，没有坚持下去的，有千千万万个理由。

坚持下去的小初一个月瘦了十斤，仍然还在坚持的她，发了条朋友圈，减肥很简单，当你觉得坚持不了的时候，再坚持一下就好了。

为什么会失败呢？

不是没有坚持，只是在坚持不了的那一刻选择了放弃。

我们和成功之间，往往只差一步，当我们觉得没法再继续了，然后再咬咬牙，再往前一步，那便是成功。

当然，这种成功未必就是你得到你最初想要的东西，结果或许是让你看到了一个不一样的自己，充满惊喜与奇迹的自己。

总之，即使跟最初预想不一样，但那也是一片很美丽的风景，那也是一种成功。

如果我们努力想要完成一件事情的时候，其实说难也难说不难也不太难，我们往往低估自己的潜能，遇到挫折、困难、坎坷的时候，或者，当前所未有的力量压到我们身上的时候，我们会觉得无法跨越、难以承受，要知道，"难以承受"不代表我们"不能承受"，我们只是还未开发出那个"能够承受"的自己。

当我们认为自己达到了极限之时，再坚持一下，那一刻，便会有出现惊喜与奇迹的可能，这种可能，也许是遇到人生中那片最美丽的风景，也许是完成了一直努力奋斗的目标，又或者是在绝境中苟延残喘找到生机。

无论是大人或是小孩，其身上的毅力跟能量，往往会超过自己所认知的范围，所以，我们在犹豫不决的时刻，以为自己会不行的时刻，在千千万万种理由出来阻挡自己的时刻，请再坚持一下吧，你离最美的风景，或许只差这一步。

价值观决定人生格局

之前在网上看到过一个帖子，帖子的内容讲的是两个女孩合租的事情，两个女孩中一个叫小珍，普通的上班族，她是农村来的，在城里没有房子，谈了个男朋友，感情很稳定，但没有同居。另一个女孩叫小青，是一个女博士，平时给人代代课做点兼职，大部分时间都在学校跟家里学习，她是本地人，租在这里有两个原因，第一是因为离学校近，第二是因为她家里人比较多，她认为打扰到她学习，所以才一个人搬出来住。

发帖的是小珍，小珍只是普通的大专生，

起先小珍认为能跟小青这样高学历的女孩子一起合租是一件还不错的事情，心里对她有点崇拜，再加上她长得清秀温婉，谈吐举止都让人很舒服，心想着这次合租真是遇对人了。

但随着相处的时间长了，小珍对小青这个女博士就忍不住想吐槽了。

女博士虽然有很多时间在家，但是她从来不会自己做饭洗衣服，衣服除了贴身的内衣内裤之外，她全部送干洗店。

每个星期，家政公司的保洁员会来打扫一次卫生，平时再脏，小青也不会动手去打扫，小珍心里头特别郁闷，小青又不像她每天都要上班，没时间打扫，小青整天在家，总有空闲的时候，就不能动下手？

再怎么读书上学，懒成这样，也真是极品。

有次小珍的妈妈来城里看她，进屋看见家里一片狼藉，小珍妈妈看不下去，刚进门就开始打扫。

这个时候小青从屋里出来跟小珍妈妈打招呼，她嘴很甜，夸小珍妈妈真年轻，刚进门就打扫卫生真勤劳，不过还是先休息下吧。

小珍妈妈是个直性子，看着两个女孩子住得这么脏，她直接说："从来没见过你们这么不爱干净的女孩，家里地这么脏也不知道动手拖一下！别人进来看到像什么样！"

小珍妈妈是连带着把两个女孩子一起说了，小珍当时还觉得有些尴尬，小青却是笑了笑说："不好意思，阿姨，让您见笑了，我确实不太会做家务，因为原来家里有人做。不过我还是爱干净的，只是您来得太巧了，一会儿家政公司的阿姨就要过来打扫卫生的，您别忙了。这些就让家政阿姨来做吧。"

小青的这一番话，小珍听着很不舒服，这段时间相处下来，她知道小青家庭条件不错，不用工作读博士都是家里在供着，而小珍家在农村，条件很一般，所以觉得小青是在有意炫耀自己条件好，而且还是那种云淡风轻笑笑的感觉，反正让小珍很不舒服，总觉得小青在她和她妈妈面前有种优越感。

虽然这细碎的小事让小珍对小青有些隔阂，但她们平时的关系也还可以，因为小青还是单身，小珍就想给她介绍对象，谁知道她才刚刚提了提，小青就果断地拒绝了。

原因是因为她目前不想谈恋爱。

小珍就说："你现在也不小了，过了 25 岁，女生就开始贬值了，还是要抓紧时间找个好归宿。"

小珍认为自己绝对出于好心，然而，小青的回答让小珍有种被打脸的感觉。

小青说："一个女人的价值不是体现在年龄上，而是自身内在的丰富，为什么找一个男人嫁了就是个好归宿，难道，女人就不能通过自己的努力，给自己创造一个属于自己的好归宿吗？女人还是自重点的好。"

小珍当时觉得自己像受训的小学生，不过即使心里不舒服，她也没再说什么。

只是后来过了一段时间，小珍又提了一次要给她介绍对象的事情，小青这次没有严词拒绝，小珍赶紧上赶着问她有什么要求，小青说跟她差不多门当户对就行，学历最好是研究生。

小珍说："学历高有什么用，会赚钱不就行了，月收入三五万的中专生和月收入三五千的研究生，你肯定选月收入三五万的呀。"

"我选择月收入三五千的研究生。"

小青的回答再次打了小珍一耳光的样子，她不知道小青到底是假清高，还是真蠢。

后来小珍又锲而不舍地给小青发了一张一个本科生的照片，这个本科生的条件不差，她觉得配得上小青，然而小青却没有回她。

整个事件到了这里差不多就结束了，最后是小珍对小青的总结，大概的意思就是说，女博士人懒又清高，读那么多书，不会做家务算不上一个好女人，智商高情商却不足，那些大家都懂的事情，比如择偶标准比如交际态度，是不是书念多了，反而不懂了。

这个帖子下面一片骂声，小珍觉得自己很冤枉，不过到结尾，她也开始反思，难道，是她这种普遍又根深蒂固的思想有错吗？

不能否认，拥有小珍一样想法和观念的姑娘必然是存在的，在她的世界观里，女人读再多的书，如果不会做家务，终究只是个懒女人。

当然，对于她自己不做家务，她给予了很理所当然的理由——上班太忙。

然后是小青身上总云淡风轻地透出的"优越感"，可是，从她的描述来看，她内心的自卑感定然比小青身上透出的优越感要强烈。

接着就是相亲这回事。

很显然，在人生价值观上小青跟小珍两人身上存在巨大的差异，而这种差异，在小珍看来，不过是小青在"假清高"。

甚至还把所谓大家都懂的道理而小青不苟同的做法，当成是愚蠢。

直到最后在一片骂声当中，她终于开始反思自己身上的问题。

毋庸置疑，每个人的价值观定然是不同的，或许有部分会是相似的，但我们也绝对不能将自己的思想，强加到别人的身上，当别人不认同的时候，我们就去否定别人的价值观。

在如今这个时代，做家务，已经不是女人身上特有的标签，有人愿意戴着这个标签生活，那是人之常情，有人想把这个标签摘下，那也无可厚非，总而言之就是每个人的价值观不同。

对于小珍来说，认为一辈子最好的归宿就是嫁人，认为学知识也不过是为了赚钱而已，所以在金钱跟知识相比之下，一定会选择金钱，反正最终都要为了钱而奋斗不是?

可是，对于小青来说，她是个有自己人生规划的人，她不停地学习不断提升自己，对于未来的另一半，她也有她的基本要求，至少学历要过关，她或许不够完美，不爱打扫卫生，生活上有点小懒，不在生活上的事情局限，但是她有很清醒的自我价值认识。

小青是个女博士，学历相当高，见识肯定也不浅，这个时候，一个财大气粗却才疏学浅的人站在她的面前，当她激动不已的时候，而对方无动于衷，当她义愤填膺的时候，对方却不明就里，两人的灵魂始终达不到共鸣，反之，当一个钱不多但是跟你各方面相当的人站在你的面前，你抛出的一个点，对方能接上，并且又抛回来一个，有来有往，过程自然，不会突然尴尬地卡点，心领神会，相处不累，这一切，是再多的钱也不能达到的一个境界。

小青深谙价值跟三观的重要性，所以对自己对未来的另一半，都有着近乎严格的要求，宁缺毋滥，不将就，不受任何人影响，坚持自己心中的准则，墨守时光，静待花开。

小珍跟小青最大的差别是什么呢？

小珍认为女人在 25 岁之后会越来越贬值，小青却觉得自己只会越来越有价值，所谓价值观决定人生的格局，也就是这个理了。

所以。

不要用金钱来衡量价值，一个人身上的学识、品质、人格往往都是最有价值又最无价的东西，也不要把自己的价值观强加于他人的身上，以此来做出某种决断，每个人的价值观不一样，所以人生的走向跟格局也会截然不同，当一个人对自身的价值有清楚的认识，不随入俗流，他的目光自然要比普通人看得更加长远，人生的格局也会扩展到一般人无法达到的领域。

没有公主命，却有公主病

前阵子，有两个刚毕业的女大学生来公司实习，两人年纪都差不多，但各自的特征却截然不同，两人分别叫水水跟末末。

水水几乎在一进公司的时候，就吸引了众同事的视线，一身的名牌，妆容精致，完全像个不识人间烟火的大小姐，上班的第一天，大家工作之余基本上都在聊关于她的话题。

"你看她那身名牌，怕是一年的工资都不止了，这种人来上班完全是为了体验生活的吧？"

"她的鼻子好漂亮，不知道是不是动过。"

"中午大家都在公司食堂里将就着吃，毕竟是免费的，可是，她当时走进食堂就皱了皱眉，然后喊了份外卖，几百块呢，一天的工资都远远不止了，真奢侈。"

"她一来不开始收拾她那张办公桌，摆了好几盆盆栽，弄得跟花房似的。"

相比之下，末末的外表就要暗淡许多，她穿着普通，中规中矩，脸上未施粉黛，完全以素颜示人。

上班第一天，没有人注意她，她也只埋头了解关于自己接下来将要参与的工作性质，偶尔自己不能理解的时候，去问问同事，也只有这个时候，周边的同事才会恍然大悟，公司里还有这么个实习生的存在。

接下来的几天，公司里有些男同事就开始给水水献殷勤，水水来者不拒，上班时间跟男同事们聊得很热络，顺带着，就让男同事将她的工作也帮着做完了。

在水水跟男同事周旋的时候，末末还是一个人在埋头工作，一般情况下她都会自己去完成分内的工作，只有实在不能解决的，才会去请教同事，其他时候她一直默默无闻。

一周之后，办公室的氛围逐渐开始发生变化，之前喜欢围绕在水水旁边的男同事都开始对她渐渐疏远，即使水水主动去跟他们搭讪，男同事也敬而远之。

大家最开始和她接触，是因为她的外表，可是，真正接触下来，大家就受不了了，水水对任何人的示好都来者不拒，但也不会放过任何能够"请人帮忙"的机会。

比如。

"林哥，这份文件我看不太懂，你帮我整理下嘛，我来学习学习。"

"阿湛，这些文件太重了，你帮我搬一下吧，我的手好酸，你看，都勒出印子了。"

"周周，我今天晚上还有点事情，要先离开一下，你帮我顶一下嘛，回头请你吃饭！"

……

几乎每个之前上前搭讪过她的同事，都被她"请求帮忙"过，一次两次倒也罢了，次数多了，认识得深了，大家自然受不了，她不过是个新来的实习生而已，就是打扮得漂亮点，还真以为自己是天仙了？所有人都得拜倒在她的石榴裙下了？

即使大家对她的态度开始改变，水水依然不懂得收敛，甚至，在工作中越发展现出她性格中的"公主病"。

症状一：双重标准，在工作上自己出现了诸多的问题，都是正常的，别人说她一句，她脸当下就臭了，如果是别人工作上出现了一点纰漏，她能噼里啪啦地说出一堆别人的不是。

症状二：不负责任，她没有责任观念，总是把自己身上的责任能推就推，不能推她也要说一堆歪理出来将自己正当化。

症状三：懒得理所当然，工作上的任何事情，只要能推到别人身上的，她绝对不会自己动手，别人都是天生苦力，她就是天生身娇肉贵，又撒娇又装可怜，你不帮她，就是罪大恶极。

症状四：自我为中心，哪怕只是个实习生，她也是最尊贵的，自己的话就是真理，别人都得服从她。

症状五：极端情绪化，一言不合，她的脾气就上来了，惯于以情绪去支配周遭的人。

症状六：恣意妄为，没有道德标准，不知道尊重两个字怎么写，对待公司大楼里的清洁工，大声辱骂。

症状七：目光狭窄，对待公司的小客户，极不客气。

在以上种种症状出现之后，公司同事们都在下面偷偷议论，这个水水到底是有多大的背景，居然敢在公司里这样恣意任性？

因为都摸不准她的背景，大家即使各种看不惯，心存不满，也没有怎么表现出来，任由她的"公主病"持续发酵，同时也头疼以后没有清静日子过了，如果她有背景，那么就算她在实习期间表现得再糟糕，最终也一定能过实习这关，成为正式员工。

所以，相比水水，大家对于末末却很是赞赏，因为末末勤恳认真，工作细心努力，完全挑不出任何毛病来。

大家都猜她应该是普通家庭出来的孩子，看得出来，她很珍视这份工作，因为实习生最终只有一个能转正，所以大家挺为末末可惜的，如果没有过硬的关系，即使她再认真努力，怕是也难顺利转正。

但最终转正的，竟然是末末。她转正的原因自然是考核过关，工作能力得到认可。

出乎所有人意料之外的是，末末转正那天，末末的家人也来为末末庆贺，而她的家人，大家都认识，她的父母都是公司的大股东，末末才是名副其实的公主。

以末末的身份，别说直接进入公司当个正式的员工，她就是直接坐上一个小领导的位置，别人也不会有任何的意见。

但是末末不同意，她非要凭自己的努力，面试实习然后转正，从基层的员工开始努力奋斗，而她这段时间以来的工作能力也是大家有目共睹的，转正也是名至实归。

相反，一身"公主病"的水水因为不能正式转正，只能黯然离开公司，一辆破旧的面包车停在公司的楼下，面包车上坐着一对穿着朴素的夫妇，头发白了大半，双手都是厚厚的老茧，一看就知道是常年干苦力活养成的，公司不少同事站在窗边，看着水水坐上面包车离开，顿时唏嘘不已。

大家一直以为整天穿着名牌、打扮得花枝招展、性格又那么"公主病"的水水，家庭条件一定也特别好，但谁能想到，她会坐上一辆那么破旧的面包车？

后来有一位同事意外挖掘出了水水的背景，同事有个朋友恰巧跟水水是邻居加同学，事实上，水水父母都是农村出来的农民工，父亲早年在工地上搬砖，年纪大了就没有在工地上干活，回家跟水水母亲一起卖早餐，父母两人非常节俭，一年到头一件新衣服都舍不得穿，但对于水水却是宠爱至极，有求必应，从来不让她干家务，娇生惯养的，而水水这个人也极其虚荣，喜欢各种名牌，父母那里拿不出钱了，她就去借钱买名牌。

最近听说因为她借的钱实在太多，无力还款，她父母无奈之下，将夫妻俩一辈子攒下来的一套房子给卖了，现在住在城郊一间狭窄破旧的出租房里面，生活极其贫苦，而她依旧在找工作，短短几个月内，已经换了好几份工作。

同事们纷纷说："水水追求名利虽然跟她自身有脱不开的关系，

但是，她父母也是有责任的。"

"是啊，条件一般，还把女儿养成了一个娇生惯养的'公主'，现在为了女儿卖了房子无家可归，也算是因果报应吧？"

"希望，她能够早点觉悟，在现实里面，没有公主命却有公主病，是一件注定悲剧的事情。"

其实出身贫穷并不是一件可怕的事情，就怕出生在一个贫穷的家庭里，又被百般宠爱，一点委屈都受不得，一点事情都不让做，以为养得娇贵，就不会被人看不起，以后真的娇贵了！

可是，如果没有最起码的资本，又怎能让人尊重且看得起？

之前在跟朋友聊天的时候，我们聊到了孩子的问题，关于教育，我们发现其实现在跟以前的观念已经在无形中转换了。

很大一部分真正经济特别富足的人，他们反而不会去纵容、去溺爱自己的孩子，会去培养他们吃苦耐劳的精神，培养他们独立自强的性格，在将来面对挫折时会迎刃而上，不自傲，不膨胀。

而很多经济一般甚至是极不好的家庭，反而会去溺爱，舍不得打，舍不得骂，最后培养出一个没有公主命的"公主病"孩子，可是，现实的社会中除了父母之外，没人会惯着一个"公主病"的人。

尤其在职场上，每个人都有自己的职责，没有人会无端容忍另一个人的"公主病"，大家彼此在忙工作的时候就很累了，都是家人手中的宝，谁会来伺候一个有"公主病"的人？别说伺候，就算其他人不爽了，甩手一个陷害，那也是常事。

所以，如果发现自己身上有"公主病"的特征，请尽快纠正吧，因为它不会让我们在工作上获得任何"公主"般的利益，只会让我们获得无穷的麻烦。

天下的父母无疑都是爱自己孩子的，这一点是平等的，即使生在贫穷的家庭里，父母不想委屈了孩子，不让孩子缺吃缺穿，这都是人之常情，可是，相比吃穿用，给孩子疏导正确的人生观，比任何外在的东西都要得来有价值。

其实如果父母真的把我们当"公主"养，也不算是一件完全的坏事，前提是，我们得有自知之明，认清自己的位置，摆好自己的位置，端正好个人的态度。你可以把自己当成公主，但一定要时刻避免"公主病"特征的出现，在任何时候的任何处境当中，保持宠辱不惊、不卑不亢的心态与姿态，然后，做一个爱自己却不纵容自己的人。

一个人如果在一无所有的时候，便将自己的姿态摆到最高，那么，现实总会有办法让他的姿态一点点折低，将他慢慢打回原形，最后让他在尘埃中，不得不认清现实；一个人如果一开始就姿态谦逊，不管手中拥有什么样的筹码，他依然选择一步步脚踏实地往上努力攀爬，那么他的每一步都会迎得所有人的尊重。

不要轻易说"我是为你好"

"×××，你不要这样做，相信我，我是为你好。"

"×××，赶紧跟他分了吧，我是为你好。"

"×××，以后做会计吧，这个工作好，我是为你好。"

"×××，你为什么不听我的？跟他在一起多好，那么有钱，以后你就不用那么辛苦了，我是为你好。"

这样的话，是不是觉得很耳熟？

是的，从小到大，我们的耳边从来不会少这句话"我是为你好"。

一般跟我们说这种话的人，都是相对和我们比较亲近的亲友长辈，我们不能否认，这些人对我们说这句话的时候，是绝对心怀好意的。

可是，每个人出生就注定跟别人会有所不一样，我们的成长环境，我们所经历的一切，我们所有的体会和感悟，这世上也不会再有另一个人跟我们能完全叠合。

那么当别人用自己的经验来帮我们策划人生的时候，我们是否该接受呢？

沐晨出生在一个小康家庭，父亲是大学教授，母亲是会计，从小条件相对优越，父母对她比较注重培养，从小到大，琴棋书画样样精通，各种补习辅导络绎不绝，母亲将她的课余时间安排得满满当当。

小的时候，她一直就是个听话的乖乖女，母亲让她做的事情，她从来不敢违抗，随着渐渐长大，她开始有了自己的主见，她开始对母亲表达自己的意思：

"我不喜欢做这件事情。"

母亲没有问一句为什么，更没有做出多余的解释，只说一句："我是为你好。"

之后很多次，一旦沐晨父母给她策划安排的时候，她听到的最多的一句话便是"我是为你好"。

于是，从上学开始，她学什么兴趣特长，该上哪所学校，该报什么专业，该在哪所公司工作，甚至最后嫁人，她都是一路听从父母的安排。

尽管有的时候，她有强烈的自我想法，但是在父母一句句"我是为你好"之后，她选择了妥协，虽然会有不开心不甘心，但是她有一种念头一直支撑着她，现在她或许不喜欢这样，但父母是最爱她的人，他们不会害她，以后，一切都会好起来的吧。

在父母的安排下，她成了一名初中数学老师，在父母的安排下，她嫁给了一个公务员。

事实上，她并不喜欢当老师，不喜欢粉笔的味道，不喜欢正处于叛逆时期的初中生，可是，老师这个职业她做了五年，这五年对于她来说，犹如一辈子那么漫长，可是，未来还有很多个五年在等她，但她对此提不起一丝一毫的兴趣。

前段时间网络上流传一位老师的辞职信上写着，世界那么大，我想去看看。

短短几个字，却写出了她的心声，她多么羡慕那位老师的洒脱。

她的丈夫是位公务员，工作稳定，生活稳定，日复一日，一辈子，一条路似乎一眼就能看到结尾。

但可怕不是生活稳定，是太平静，以及平静下面隐藏的波涛汹涌。

QQ 空间里不知道什么时候出现了"好友的秘密"这项功能，她每次打开都会有一些关于别人的秘密出现，她心里也有秘密，但是，她不知道自己可以跟谁说，她也不敢公之于众，所以，某一天在打开 QQ 空间的时候，她在里面写了自己的秘密。

"离婚的念头越来越频繁，他是不知道的，每天彼此说话不到十句，这种相互嗤之以鼻，把没有爱情的婚姻暴露无遗，冷笑，冷暴力，这样的婚姻，一点希望之光都看不到，这一次，我一定要为自己选择一次。"

日积月累的不甘不满，离婚的念头在她心里越来越强烈，直到最后发生了一件事情，让她彻底做出离婚的打算。

跟丈夫结婚两年，他们之间同房的次数却极少。她身体没什么问题，但结婚快两年她才怀孕，只是很不幸，怀上才刚发现，她就已经流产了。

那天晚上她突然感觉肚子疼，给他打电话，他还在饭局上，言语间觉得她大惊小怪，怀孕才三个月，她已经说过好几次肚子疼，但每次都没事。

她说这次不一样，这次非常疼。

他便让她先去医院，他一会儿就赶过去，她无奈，只能自己开车去医院，开车的时候，肚子越发的疼，并且，她感觉到自己已经见红了，赶到医院的时候，一切都已经来不及，宝宝没了，医生立刻为她做了手术，等做完了手术出来躺到病床上，丈夫才一身酒气地出现。

坐完小月子之后，心灰意冷的沐晨就提出了离婚，提出离婚之后，反应最大的不是她的丈夫，而是她的父母。父母认为，这次流产也是意外，女婿只是碰巧在那天参加饭局去了，他也不希望发生这样的事情，如果因为这件事情离婚，实在没必要。

女婿各方面的条件都不错，她如果离婚了，以后未必就能找到更好的男人，反正无论如何，婚姻还是原配最好。

父母纵然有一万个不能离婚的理由，但是沐晨这次心意已决，离婚的打算丝毫不动摇。

父母百般劝阻，一口一个："我们这也是为你好，你不能这么任性。"

这一次，沐晨不再掩藏自己的想法，她看着父母说："爸妈，一直以来，我知道你们都是为了我好，但是这一次，如果你们真的为了我好，请让我为我自己选择一次吧，我已经听了你们二十多年的话了，我现在已经成年很久了，我自己想要什么样的生活，不想要什么样的生活，我自己心里清清楚楚，这段婚姻，尽管你们认为很好，可是，我一点都不开心，如果我感觉不到开心，这段婚姻又怎能说好？你们永远都在说'这是为了我好'，却从来没有问过，我开不开心，人一辈子那么长，我想活得快乐一点。"

这是她第一次违抗父母之意，并且向父母袒露自己的心声，父母听完无疑是意外又震撼，然后他们面面相觑地沉默了。

沐晨最终选择了离婚，不仅离婚了她还把工作也辞职了，为了这事，父母差点跟她闹翻，她像是豁出去了一般，努力要为自己活一次。

她喜欢摄影，每天给人拍拍照什么的，在父母看来简直就是不务正业，可是，她喜欢，每次拍照的时候，她都喜欢大胆地发挥自己的灵感，灵感与现实的结合，充满惊喜，无比美妙，她为此极为着迷，爱极了工作过程里的每一分每一秒。

她的作品被人发到了网上，一夜之间被网友们广泛流传，她也一时之间名声大噪，上门来找她拍照的人络绎不绝，她从中挑选了一些认为能激发她灵感的顾客出来合作，一直排期拍，没多久就将她一年的行程都排满了。

半年后，身边的朋友再看到她时，简直不敢相信她的变化，以前的她像是一株在阳光下枯萎缺少水分滋润的花朵，让人很容易就忽视了她的存在，现在的她整个人光芒焕发、精神奕奕，嘴角时刻微扬，眼睛里全是自信的光彩，完全无法让人从她的身上轻易地移开目光。

即使曾经离过婚，但是她身边完全不缺追求者，只是她不着急进入下一段婚姻，绝对不会为了合适而结婚，不再为了结婚而结婚，她享受现在这样的生活，也不排斥结婚，但是，如果真要结婚，也一定要遇到了那个让她想结婚的人，才结婚。

她自信，她享受工作中的每一刻，每天过得很有意义，对于未来充满憧憬，这种状态的她，才是真正鲜活的灵魂没有沉眠的沐晨。

在这个世界上，我们每个人无论好坏，都是独一无二的个体户，不会再有跟我们一样从同一个模子里出来的，所以，无论是谁，都不会比自己更了解自己最想要的、最适合自己的是什么。

但我在我们的生活中，好像只要说出"我是为你好"这句话，就是站在了一个道德的至高点上，不管对方说出这句话的时候是否真的对你好，但你不那么做，就是好心当成驴肝肺。

可是，谁也不能想当然地以为，我可以把对方塑造成自己认为最好的样子，事实上，很多时候我们都不能让自己活成最好的样子，又怎么能说出"我是为你好"这样的话呢？

说这话的人，往往有以下两种可能。

第一种，他是成功的，所以他有底气把他的经验传达出来，第二种，他失败了，所以他拿自己失败的经验来警醒。

可是，我们要知道，一个人的成功是永远都不会复制的，机遇、天时、地利、人和都不一样，所谓的成功经验，我们可以学习，但不能借鉴。

另外，一个人走过相类似的路失败了，所以，他阻止我们前行，这样的做法是善意且自私的，一个人失败，不代表所有人失败，没有真正经历过，又怎么能说不行？

所以，这些仅仅只能作为参考而已，别人的经验并不能完全左右我们命运的发展。

有时候不能否认，当有人在对我们说出这句话的时候，是带着善意的，但是，人往往也会有一种逆反的心理，你是为我好？你知道我经历了什么？你知道我什么心情？你是我？你感受得到我的心境吗？你可以给我一个理由让我知道这确实是为了我好，我可以还你十个理由向你证明，我的选择更好。

善意的表达通常也是需要一定技巧的，比如，我们可以把这句话变成："如果换一个角度来想，我会觉得这样做会让我更好，所以，你可以参考一下我的意见，会不会对你更好呢？"

通常情况下，我们每个人真正需要的，并不是别人所认为的"我是为你好"，而是需要一个客观的建议，将是是非非讲清楚即可，至于该如何做，那是我们自己该深刻思考的问题。

每个人生活得最好的样子，不是活在他人认为最好的生活方式当中，而是活在能让自己最快乐的世界中，即使我们生活的样子不是别人眼中最好的，可是，我们只要跟着心走，每一步走得问心无愧，那么，不管结果如何，其实都是值得的。

无论何时何地，我们都应该谨记，"我是为你好"这是句话，不要轻易对别人说出来，也不要轻易听信做出违心的抉择，没有人可以打着"我是为你好"的旗号，替另一个人做出人生抉择，我们时刻都不该忘记自己的初心，做出的所有决定，都是"我为自己好"，方不后悔。

不做批判的评价，是最好的素养

之前在网上看过一个视频。

有人建了一个微信群，将二十个网友拉进了群里，网友都是匿名的，谁也不认识谁，然后主持者在群里面发了一个视频，视频里面是一档综艺节目，里面有三位嘉宾出现。

第一位嘉宾是一位有文身的肌肉男，身材极为高大结实，五官非常硬朗，看着有点凶，最关键的是，他的手臂上纹满了文身，看着怪为凶悍的，连跟大家打招呼的时候，说话都是粗声粗气的。

第二位嘉宾是一位年轻漂亮的女人，她身

穿红色修身连衣裙，裙子的裁剪衬得她前凸后翘的，V字领的领口乳沟若隐若现，裙子很短，把她的臀部将将包裹住，她脚踩高跟鞋上来的时候，视频里的现场一片惊艳的欢呼声。

她跟视频里的现场观众打招呼的时候，口齿伶俐，还简单地做了个自我介绍："我今年二十五岁，跟寻常人不同，我是一个经常白天潜伏，晚上活跃的工作者，我很享受现在的工作状态，希望能一直为这个工作服务，直到我再也服务不到为止。"

第三位嘉宾是一位爱好Cosplay的年轻姑娘，姑娘Cosplay的是一位王者荣耀里面的女性角色，一张网红脸，不停地瞪眼噘嘴卖萌，虽然她只跟现场的观众说了一声"大家好"，但她说话的声音都是模仿角色的。

三位嘉宾都上场之后，主持者就让二十位网友开始在群里发表对于这三位嘉宾的评价。

开始的时候，大家似乎还有些放不开，打了几句"呵呵"，发了几个表情就敷衍了事了。后来主持者说就像平时在网络上发表评论一样就行，于是大家就渐渐放开了。

"这个文身男看着就像混黑社会一样的……"

"什么看着像，明明就是啊，不然纹那么多文身干吗，只有混混才会纹那么多文身去吓我等良民啊。"

"说不定还坐过牢呢，总之，肯定不是什么善茬。"

"那个红衣女人长得可真正点，前凸后翘的，也不知道整没整，现在纯天然的女人太少了。"

"就算是纯天然的又怎样，没事穿成这样的女人，怎么也不是个做正经工作的女人，再说了，她自己不也说，她是在晚上比较活跃的工作者？什么工作晚上活跃，自己好好想想吧。"

"晚上工作的，也可能是情人小三。"

"哈哈，她那姿色，被富豪包养太正常不过了，不过被人包养算是最好的了，但是听她刚刚那么说，估计她就不是正经女人吧。"

"第三个年纪最小的小姑娘看着倒是蛮清纯的。"

"萝莉有三好，身娇，音甜，易推倒。"

"她打扮成这样不就是想向网红发展吗，现在的小姑娘就喜欢当网红，为了当网红也是无所不用其极的，不就是想博人眼球，出个名吗。"

……

等大家说得差不多的时候，主持人出来，将三个人的真实身份公布开来。

第一个文身的肌肉男并不是什么混社会的，他是一位文身师，他做这行已经十多年，也就靠这项手艺养着一家老小，一年三百六十五天，难得有休假的时候，除了工作勤恳之外，他还是家乡出了名的孝子，熟悉他的人必然会给予他称赞，总而言之，他是一个绝对的好男人。

第二个穿着红色连衣裙的女人并非不良从业者，更没有被人包养，当人家小三什么的，她之所以白天潜伏晚上活跃，是因为她的工作性质如此，她是一位护理工，专门照顾那些晚上家人不能照顾又不能自理的病人，她的工作非常不易，很多人劝过她，她长得那么漂亮，为什么不去找一份别的工作，而要做这样的一份工作，可是，她觉得这份工作对她来说特别有意义，她从小没有爸妈，是一位老奶奶将她领养长大的，奶奶去世后，她一直很怀念奶奶。她对于老人也特别有好感，所以就想为老人做一些能尽自己绵薄之力的事情，这就是她的人生追求，当然，她的人生追求也不影响她喜欢打扮，崇尚大胆时尚。

第三个 Cosplay 的女孩不是网红，她是一名典型的富二代，家里留给她的钱一辈子都花不完，但是她喜欢小孩，就去当了幼师，她喜欢 Cosplay，所以业余的时候就会扮演各种喜欢的角色，她并不想出名，她也不差钱，她所做的事情都纯属自己的爱好。

虽然事后大家纷纷都对自己刚刚发表的过激言论有所惭愧，但毫无疑惑，这二十个人，在事实真相没有揭开之前，几乎每个人都有"以貌取人"的特征，并且，外加恶意揣测，即使错了，他们打心底也只会认为，这几个人都是特例，是主持者故意设陷阱给他们跳的。

这个视频的主题讲什么的，我现在已经记不清，只是那二十个人对于嘉宾发表的评论，我一直记得很清楚，这三位嘉宾未必多见，但是这二十个网友，绝非偶见，甚至在网络上极其的普遍。

我想起两年前枝枝家里发生的一件大事。

那件事对她们家造成了很大的影响，而这一切，也跟网络脱不了关系。

枝枝是典型的宅女加手机党，每天睁眼第一件事情就是刷朋友圈还有微博，这天，她在刷微博的时候，看到了一条热搜，内容是老公跟小三出差的时候被正室抓个正着，闹得很大，很多人拍视频。

视频拍得很模糊，整个过程男主角从头到尾没露面，只有女主角的身影，当然女主角也披头散发，因为始终低着头，看不清她的脸，身上裹着一条浴巾，露出了白花花的大腿和手臂。

多么狼狈的一幕。

视频里依稀可以听见一个中年妇女的泼骂声，全是难听不堪入耳的词汇，别说对这个小三人身攻击，就连她祖宗十八代都被挖出来骂了一番，而小三全程低着头，一言不发。

所有人都不觉得中年妇女骂得过分，小三就是该骂，不仅中年妇女骂，连网上的网友们也跟着一起骂。

枝枝看了会儿视频，因为全程都是中年妇女的骂声，她看了一半就没看了，关掉视频后，她也在视频下发布了一条留言，千万不要做一定会让自己后悔的事情。

发完评论之后，枝枝还有点小得意，自己蛮有文采的嘛。

退出热搜之后，枝枝又去别的地方逛了逛，最后她实在闲着无聊，又一时兴起，跑回去把刚刚那段没看完的视频继续往后看。

这次，她坚持看到了最后，也就是因为最后一幕，那个一直低着头的小三微微抬了抬头，这要是其他的人，肯定看不清楚她的样貌的，可是，她一看就认出了里面小三的样子。

那是她亲姐啊！

枝枝简直觉得晴天霹雳！

没有人比她更了解自己的姐姐了，她从小就长得很漂亮，但她生性骄傲，追求她的富二代并不少，她知道的就有好几个，但都被姐姐拒绝了，姐姐有自己的打算跟追求，对于未来的另一半，她绝对要求对方一心一意，再有钱如果花心她也是绝对看不上眼的。

这样的姐姐，怎么可能会成为别人的小三！她是打死也不相信的，可是想到她刚刚还在视频下留了那样的评论，她就觉得愧疚不已。

看着微博上的视频，还有视频下面网友留下的各种评论，她简直要气疯了，这里面一定有别的原因，姐姐前两天跟着老板一起去出差的，也不知道这中间到底发生了什么事。

她赶紧给姐姐打电话，但手机却无法接通。

她心急如焚了一整天才有了姐姐的消息，但却是医院打来的，原来姐姐在发生了视频中那件难堪的事情之后，她一时想不开，吃了安眠药，后来被人发现，送进医院洗了胃才抢救过来。

事实上，枝枝的姐姐确实不是老板的小三，是老板在晚上的饭局上，将她灌醉带回了酒店。老板的老婆撞门进来之后，她才浑浑噩噩地醒过来，她还没有搞清楚怎么回事，老板娘就将她一通骂，后面的事情微博上也看到了。

微博上永远都不缺新鲜的新闻，过了两三天，枝枝姐姐的事情差不多被人淡忘，但是枝枝不希望姐姐白白蒙受这冤屈，于是在微博上将事情的真相公布出来，想还姐姐一个清白。

但是她把整个事件事无巨细地讲出来后，得到的评论却大多都是这样的：

"哎哟，这么快就开始洗白啦，想得真美，小三这辈子都白不了！"

"照你这么说，全天下的小三都是被灌醉了的，呵呵。"

"看完了，三个字总结，绿茶婊！"

"这是我今年看过的最好的笑话，足够我笑一年了。"

那几天她几乎时刻守着姐姐，不让她看微博，可是枝枝自己也心灰意冷，她到此刻才深刻地体会到，其实有的时候并不需要真相，相比真相，他们更愿意相信那些不真实的东西。

真真假假又如何，大家本身就生活在一个虚拟的世界当中。

其实枝枝跟我们很多所谓的"吃瓜观众"一样，对于事件抱着一个看客的心理，只因为一个视频里的一个小片段，就断定视频中的女人就是"小三"，如果不是这事真正发生在她的身上，她定然也是"糊涂"的。

可是，那些被热搜、被八卦的主人公，首先也跟我们一样都是普通人，其后才是事件的主人公，虽然我们现在是普通人，保不准以后不会成为事件的主人公，或者是相关人士。

我们试着想一下，如果有一天，我们成为了事件的主人公，被人大肆评价、攻击的时候，我们会是一种什么样的感受？

每一件风靡世界的热搜事件背后，知道真相的人往往不多，但猜测真相，对真相很八卦的人却不少。在网上，很多人似乎就成了侦探，对于热搜事件背后的真相，进行了大量的推理加猜测，但多数人都带有一种追求戏剧性的心理，对于简单寻常的结果并不感冒，但是对于惊奇异于常伦的事情，却兴致勃勃，像猫儿闻见了腥味，总要凑个热闹看看，评论几句。

有的站在道德的最高点评判几句，有的站在旁观者的角度笑谈几句。

无论能不能看到事情的本来面貌，我们都要跳出以貌取人、捕风捉影、妄自揣测的虚拟世界，不煽风点火，不添油加醋。不管是一语激起千层浪，还是风平浪静，你要相信，每一句话每一个字都是有它的力量，都承载着我们的责任，不要以为自己说的话不会有任何的影响，多自己一个不多，少自己一个不少，不会有什么影响，如果这么想恰恰就错了。

气象学家洛伦兹在一九六三年提出一种自然现象：蝴蝶效应。

一只南美洲亚马孙河边的热带雨林中的蝴蝶，偶尔拍几下翅膀，就有可能在两周后的得克萨斯引起一场龙卷风，它的原理在于，蝴蝶在拍翅膀的时候，翅膀的运动导致周围的空气系统发生变化，悄然间还引起了微弱气流的产生，而微弱气流的产生又会引起它四周空气或其他系统产生相应的变化，接着引起连锁反应，一环生一环，导致其他系统的极大变化，最终产生龙卷风。

与蝴蝶效应同理，一场巨大的难以挽回的悲剧，都可能只是最初的一点小小偏差所引起的。

所以，无论何时，不要把捕风捉影的事情说得头头是道，不要以貌取人然后恶意揣测，子非鱼，焉知鱼之苦乐？

即使再激愤，我们也应当理智冷静，不要用言语去发泄内心的情绪，那跟泼妇骂街没什么区别。

我们都应该保持自己的底线，以善意之心去对待每一件事情。好的东西，我们吸收学习最好，坏的事物，我们引以为戒即可，不站在道德的最高点给别人做出批判的评价，是我们身而为人最好的素养。

第二章
励志前行：撑起自身的荣光

　　工作梦想，是我们每个人生命当中不可缺少的部分。因为有它的存在，我们身上有了压力，也有了动力，有了烦恼，也有了精彩，它让我们的生命变得多姿多彩且意义非凡。

　　不管出身如何，我们每个人来到这个世界上，总会有能够让我们发展拳脚的一席之地，不要只顾着羡慕他人，找尽借口跟理由，自己给自己制造各种阻力，惰于前行。人这一生最可悲的事情，莫过于空怀梦想，虚度光阴，从这一刻起，将自己仰望他人的姿态，调整为目视前方，向前奔跑，一路披荆斩棘，浴火重生，最终肩负起自己的责任，撑起那片属于我们的荣光。

每一步走得精彩而不虚行

生于这个浮世当中，每个人都在为生计、为利益而奔波，可收获又往往跟付出不成正比，甚至还会出现一种所谓的怪象，那些看似非常努力的人，得到的却是微薄的收获，那些看似平时悠闲慵懒的人，却收获惊人。

当然，这种怪象并非真的怪，凡事有因才有果，因果是循环的。

有时候我们所看到的，所感觉到的，其实不过是一层假象，当我们撕开这层假象之后，我们或许会看到，那些拼命努力的人，未必努力得当，那些悠闲慵懒的人，未必什么都没有做。

在我的一个作者群里面，有两个形成鲜明对比的作者，分别是真真跟小思。

真真是个 90 后的姑娘，年纪小但是非常勤快，只要有钱的活，她都会接，接了也会特别迅速地完成，从不拖稿。她的目标是赚很多很多的钱，写很多很多的书，当然最重要的是，一定要出名，一定要火！

所以，她每天大部分的时间都在埋头写字，在作者群里面，她是最勤快的一个。

大家都在聊天的时候，她在码字，大家还在睡觉的时候，她也在码字，长假期间大家都商议着出去旅游的时候，她依然选择在家码字，一年三百六十五天，连过年也不放过。

如果说真真是最勤快的一个，那么小思必然是最懒的一个，几天不动笔是常事，每次说要写字的时候，她总是有这样那样的理由不写，即使写，她也只写一点，删删改改的，慢得跟乌龟爬一样，一年的时间只写一本书也是经常的事情，别人都在炫耀上个月交的字数多，这个月拿的稿费多可以任性买买买的时候，她也依然不会受刺激而努力加快自己的码字速度，多写字多交稿赚钱，她只是一个人自顾自慢慢打磨着自己的稿子。

按照勤奋跟努力度来讲，真真简直甩小思一条街。

然而事实上，小思的收获却又远远超过了真真，比如说真真每天写字，但她每个月交稿拿到的保底稿费也只能勉强维持住生活，可是小思的稿费报酬却远远超过了真真，真真一本书只能拿点保底的稿费，其他的收入完全超不了保底稿费，所以除了保底的稿费之外，真真就一分钱也拿不到了。但是小思不一样，她的一本书出来，保底稿费虽然不多，但是她的简繁体、影视等各种各样的版权都能卖出去，拿到的报酬远远超过保底的稿费，一本超保底稿费的书抵真真数本只拿了保底稿费的书。

开始的时候，真真心里自然会觉得有所不甘，私下里跟我说："小思的书总是能卖出各种版权，有时候每个人的运气真是不能比的。"

我说："一次两次或许是运气，但次数多了必然是有原因的。"

"什么原因？我不够努力吗？我每天坚持写字，生病姨妈痛也坚持写，我这么努力，小思连我一半都没有，那不是运气是什么？"

"或许，你可以考虑一下问题也许出现在你自己的身上。"

真真发了一个又哭又笑的表情过来，说："那就只有一个原因了，肯定是我功底不够，所以写不出好文。"

听着真真几乎自暴自弃的话，我自然是不赞同的。真真肯定不是文笔功底不行，要知道，她早年也是出过很多本书的，怎么可能没有点功底？

只是她总想着怎样快点来钱，于是，一直逼迫自己不停地写，即使没感觉也要写，每天都必须完成自己所定的目标，这在身边的人看来，她确实足够励志、足够勤快，可是，她有数量的情况下，质量就难保证了，所以，她或许当时能够赚到一点保底的钱，可是她努力的价值衍生就很有限，除了保底之外，几乎不会再有别的收入。

相反，小思虽然平时懒懒散散的，想写就写，不想写就不写，不管钱多钱少，自己写着开心就好，可正是因为她写文不为名不为利，不跟风去写所谓大火却满大街都有的题材，只写自己喜欢的，反而具有自己的风格特色，有着让人看着眼前一亮的感觉，深受很多读者喜爱，人气渐渐累积起来之后，连着好几家影视公司找上门，鲜有几部作品如今就已经进入了筹拍阶段，制作团队一流，出演的都是当红人气演员。

所以，这不是运气问题，也不是本身功底不行，而是自身的态度问题。

我沉思了好一阵，方才回真真的话："你以前出过那么多本书，这足够证明你是绝对有功底的，只是现在或许因为经济压力的问题，你每个月总想多拿点钱，所以，会逼迫自己每天写很多的字，你也经常在群里面跟我们说，有什么可改的，反正都是按千字算钱的，字数多，钱越多，不管写得好不好，你都不会舍得去花时间反复精修你的文，但是小思不一样，小思平时虽然挺懒散的，但是对于她的文她很认真，写不好她就不写，写得差她就干脆删了，直到自己满意为止，所以，她看起来最懒，事实上她的作品是最精益求精的，那么结果她的作品最'好运'也是理所当然的事情。"

真真不是冥顽不灵的姑娘，相反，她心思玲珑，我的一番话让她沉默了好一会儿，但是她自己领悟了过来，她甚至还立刻列出了几条她的不对之处：

第一，她不该急于求成，以为写得越多，得到得越多。

第二，她不该为了赚一点小钱，从而忽略自己稿子的质量。

第三，她该放宽心，调整自己的态度，不要拿自己跟别人去比较，不要因为别人走得快自己难追上而发慌，自己脚踏实地慢慢进步才最重要。

看完她对自己的客观评价，我表示赞同，并且说："试着调整自己的心态，改变努力的方式，或许会带给你惊喜。"

从那以后，真真果然开始慢慢调整自己的心态与方式，不再急于求成，敷衍了事，先不管结果如何，她会一心一意写好一本稿子，整个过程每个细节精益求精，力求完美，写到自己满意找不到问题为止。

随着她的改变开始，她写的量确实不如以前多了，可是，得到的收获却并不比以前少，因为质量上去了，卖版权的价格自然也会提升，最重要的是，她一心想卖的影视版权，也终于卖出去了。

虽然离理想的目标还差很远，但是她说，能看到自己在进步，就是一件最好的事情了。

梦想目标与名利有时候往往脱不了关系，当我们以为自己是在为梦想而奋斗时，就会不知不觉陷入名利诱惑的陷阱当中。

为梦想，为名利，两者其实都没有错，但是一旦急于求成，又会出现欲速则不达的状况。

我们都知道，这世界上其实并没有掉馅饼的事情，就算是买彩票，也要你肯去买，也才会有百万分之一中奖的概率，所以，我们通常都会逼迫自己去努力。

甚至，为了让别人看到我们的努力，我们会表现得格外忙碌，或许还没有把别人感动到，自己就先感动得一塌糊涂。

在这种情况的前提下，当所谓的"努力"不能达到预计的效果时，我们的心理就会出现巨大的落差与不平衡感。

认为别人运气好不努力也能得到很多，认为自己运气不好再努力也没有用，怨天尤人又自暴自弃，然后周而复始，大好的年华庸庸碌碌却一事无成。

但是，我们真正需要的，不是像陀螺一样只会在原地转圈圈停不下来，也不是像耕地的牛一样，只会在一鞭鞭抽打下盲目前行，不是一个多么华丽闪耀的结果来认证我们的成功。

我们真正需要的，是在努力的这个过程中，感受到快乐，感受到自己在成长在进步，当我们觉得这个过程的每一分每一秒都是有意义的，这对于我们来说，便是最大的收获。

不要让自己因为"努力"而变得比陀螺还忙、比牛还累，"努力"过后还一无所获，不要让我们的"努力"形成一张假的面具，撕下面具后，看到的是各种无意义的不堪，要知道，急于求成的"努力"，只会比肥皂泡还易破碎，欲速则不达，脚下的步伐走得太快，则易摔倒。所以，我们努力不为了结果有多好看，是为了让我们的人生每走一步，都是精彩而不虚行的。

当我们出现"努力"跟收获不成正比，渐渐出现不平衡气馁的心里时，我们不妨调整下自己的状态，对待任何状况的出现都要心态平和，宠辱不惊，放慢脚步，做好手中能够做好的每一件事情，目光放远，脚下走稳，终有一天，我们能够越发的胸有成竹，走向未来，在最好的时机当中，成就最好的自己。

永不褪色的筹码

她是游走在田野里沾了泥水的一朵小野花，她是飘荡在明媚阳光下的一粒尘埃，根深蒂固的自卑，莽撞的不甘，对着镜子，她想拼命展现自己的不同或是相同，却怎么也无法过滤掉她杂草一般的模样，她无知、她敏感、她不美丽、她不聪慧，但是，她也不服输。

她是谁？她是谁。

这段话我是在好友明霞的空间里翻出来的，别人看不看得懂我不知道，但我知道，她这段话是她自己真实的写照，当然，是曾经的。

明霞出身农村，一个很穷很偏僻的山村里，

父亲都是农民，母亲有精神病，在明霞八岁那年，病发离家出走就再也没有回来过，后来她跟爸爸相依为命，爸爸为了养这个家，白天在外面干活。明霞从八岁起，不仅要给自己洗衣服，还给爸爸洗，同时还要做饭，中午放学回家，同学的爸爸妈妈爷爷奶奶早就做好了饭在家里等着，她要跑着回家做饭，等她饭做好了，爸爸干活也就回来了，吃完饭，洗完碗，她才慌慌忙忙赶去上学，她就这样过完了她的小学生涯。

上初中后，因为离学校远，她成了寄宿生，星期一到星期五在学校里吃饭，相对轻松一点，但是周末回家，她就免不了要帮爸爸干农活，小小年纪的她，下地种田无所不能。

乡里乡亲都说她懂事乖巧，可是明霞的心里却住着一只不甘的野兽，时刻在咆哮着想要摆脱这样的生活，心底暗暗发誓，长大以后，她绝对不要再过这样的生活，她向往电视里城里人的生活，然而她在读完初中之前，都从未进过城。

因为课余的时间都用来干家务农活，明霞的成绩一直上不去，最后中考成绩出来，她没有考上好的高中，自然跟其他没考上的同学一样，辍学外出务工。

刚出校园的明霞终于有机会进城了，可是离她向往的生活却差了十万八千里，没有文凭跟关系，她只能在城市的底层做最累的活，她做过很多工作，饭店服务员，洗碗工，超市售货员。

这些工作工资都非常低，勉强糊口，完全不能改变她的生活，这样过了两年之后，有一次明霞回老家，跟同学聚会的时候，有几个女生打扮得花枝招展，简直大变了样，从她们身上完全看不出以前的那种乡土味来。

明霞低着头看了看自己，虽然出来工作两年了，可是跟以前的自己也完全没什么变化，一看就知道是乡村妹，她心里有点自卑，也很羡慕那些女学生，于是不知不觉跟她们开始聊起天来，那些女生问她一个月赚多少钱，明霞实话实说，那些女生非常诧异，惊讶地问她："这么点工资你也愿意干？"

明霞很不好意思地勉强笑了笑："我也不知道我还能做什么工作呀，不如你们给我介绍个好工作呗？"

据明霞所知，她们几个的学历跟她一样，既然她做那么高工资的工作，她也可以吧？

其中有个女生问："你想赚高工资？"

明霞一笑："那当然。"

几个女生你看我看你，最后达成了某种默契，然后刚刚那个女生继续回答道："那行，等年初我们要走的时候，你跟我们一起去吧。"

听见同学想带自己去赚大钱，明霞可高兴了，一连好几晚她都兴奋到半夜才睡着，以后赚的钱多了，她就可以做很多她想做的事情，过上她向往的生活了。

后来明霞跟着那几个女同学一起离开了家乡，来到了繁华的大城市当中，可是，进了她们所租住的地方明霞才知道，她的这几个女同学虽然穿得很好，但租的地方其实还是很差的，甚至比她老家的房子还要简陋。同学告诉她，在这种大城市里，她们这点工资是租不到好房子的，不过这些钱在老家来说已经很不错了，忍忍吧，干到过年就可以回家享福了。

同学们把明霞带到她们上班的地方面试，明霞原本很紧张，害怕自己不过关，谁知她们的"领导"只是上上下下将她打量了一番，然后就说可以了，晚上让她来上班。

晚上的时候，明霞跟着同学们一起到化妆间化了个妆，穿上漂亮的衣服，就准备开工了，直到跟着几个与她一样打扮得花枝招展的女同学到了包间，她被人选中，要留下来陪喝酒，并且客人开始对她动手动脚的时候，明霞才幡然醒悟这份工作的工作性质究竟是怎样的！

即使再需要钱，明霞也从来没有想过要出卖自己，她知道，这一步只要踏出就没法回头了。

不顾客人的拉扯，不顾"领导"的反对，她仓皇地离开。

因为她擅自离开，让客人很不满意，老板也很不开心，连累她那几个介绍她过来的同学也被骂，所以大家之后怎么看她怎么不顺眼，明霞不得不识趣点自己离开。

后来明霞又做回了以前的工作，可是她总觉得这样下去不是长久之计，后来她反复观察考虑，开始决定去夜市摆摊卖衣服。

在夜市摆摊卖衣服也是一个非常有竞争力的工作，明霞觉得想要生意好，就得卖点有特色，跟别人不一样但又会引起大众喜欢的衣服才行。

她开始自己去网上搜集材料，买各种时尚杂志作为参考，然后搭配出来的衣服，总是别具一格，非常有特色，来买过一回的人很快又会来买，回头客不断，一个介绍另一个，她的客源渐渐多起来。

只是夜市摊总归面积小，而且不正规，附近的商店见她生意好，就偷偷举报城管，她被抓了几次，衣服全被没收，她又得重新再来，这样的经历也让明霞开始反思，夜市摊是不长久的。

于是，两个月后，明霞东拼西凑了些钱，租了一间店面，按照自己的想法简单装修了下，就正式开始从夜市摊转战实体店，她店里的衣服不多，但每一套都是经过她精心搭配，而且仅此一套，绝对不可能撞衫。

渐渐地，明霞就觉得仅靠进货完全满足不了她的灵感搭配需求，她起了自己设计衣服的念头，于是开始报名去学习服装设计，买各种关于服装设计的书看，每期的时尚杂志她一期都不会漏下。

服装设计不是说学就能学的，明霞没有画画功底，很多衣服即使在她的脑子里面形成了图像，等她画出来的时候，就完全不一样了，她只有努力地画努力地练习，一次不行就两次三次无数次，直到越来越像，越来越接近她脑海里的构图，最后达到心手一致为止。

除此之外，她本身对于电脑软件也是一窍不通的，在如今这个时代，一个服装设计师，怎么能不学会用相关的电脑软件呢？

于是，除了学习服装设计之外，她还要学电脑软件，这是一个非常艰难且很容易就放弃的过程，这一期间无论是事业、感情、生活，她遇到了不少的阻力，也面临过各种困难，可是，这些都没有拦住她的脚步，后来她终于成为一名可以独当一面的设计师，店里的每一套衣服，都出自她之手。

因为客源越来越多，一家店已经完全供应不了需求，明霞就考虑开连锁店，于是，一家一家地开，到现在为止，全国各地都有了明霞的服装店，而我也是她家的忠实顾客。

虽说近年来经济迅速发展，各地的条件都逐步提高，可是，我们不得不承认，出身于偏僻农村的女孩，跟城市里的女孩相比，确实要缺少各方面先天的条件，比如说师资教育、成长环境以及特长培养，这些完全是不能相提并论的。

像明霞这样出身的女孩，数不胜数，但明霞这样出身又走了岔路的也不在少数，好坏黑白只是一念之间。

要在这个浮世中不被灰尘染身，首先，我们得不惧灰尘，想要在这个浮世中不被陷阱般的利益所诱惑，首先我们要认清利益。

不忘初心，坚持初心。

我们每个人生来就是独一无二的，这就是任何人都无法去与其比拟的价值。

我们或许不是从小在温室中经过悉心培养的所谓珍品，而是一株不起眼的野草，可是野草也有野草的风骨。

顾名思义，野：野生的，原始的，无拘无束，自然天成。草：卑微的，大众的，生命旺盛的，野跟草的组合，正所谓，野火烧不尽，春风吹又生，这是一种执着的、努力向上的精神，也是一种对生命最虔诚的态度。

让我们像野草一样生活，在这个奢华的浮世中，追求生命的自然面目，不事雕琢，没有伪装，做最真的自己，即便这个自己是卑微的，大众的，既然活着就活出自我，活出应有的活力。

我们的生活或许不够光鲜奢华，可是在面对重重困难时，我们的不折不挠与自强不息的生活态度，已经横扫一切，活出最顽强又真实的自己，每一步都走得熠熠生辉。

让我们像野草一样活着吧！

即使我们不够漂亮，不够优雅，不够多才多艺，可是我们足够顽强又努力，我们出身低微但人生不卑微，我们成长环境贫瘠但这个世界给我们的空间足够辽阔，我们没有一切但一切都由我们来创造，滔滔岁月，不惧风雨。活力，随心，努力，顽强，这是我们手中永不褪色的筹码。

无须害怕从零开始

　　失败，在我们的人生中其实是一件非常常见的事情，不管是普通人还是不普通的人，都会经历失败，不可能一直处于成功的状态。

　　当我们在做一件事情的时候，必然都是抱着成功的目的去的，只是有的人会把失败看淡，有的人却无法容忍自己失败。

　　当失败那一刻来临的时候，就会不自主地否认自己的一切，觉得自己运气不行，能力不行，一切的一切都不行，却从来没有想过怎么重新走出来，或者说，让自己抛开以往的一切，去从零开始。

但是，失败真的可怕吗？失败了重新来过、从零开始就一定很难吗？

最近吴京导演加主演的电影《战狼2》大热，票房刷新了华语电影的纪录，网络上大获好评，我也去看了这部电影，电影透着浓浓的爱国主义精神，制作用心，正能量满满，看完之后，与广大网友一样，我也深深为自己身为中国人而感到真自豪、真幸运！

就是这样的一部良心佳片，让众多观众重新认识到了非同凡响的吴京。

可是成功绝非偶然，他能有今天，必然也有过一段普通人没有经历过的人生。

我在一个节目上看过吴京的一次演讲。

他演讲的主题是，他从来不害怕重新开始，因为他人生中经历过最多的，就是重新开始。

吴京从小开始学武，而且是个天之骄子，从八岁开始拿各种武术比赛的冠军，但到了十四开始，他的人生急转而下，他的双腿出现了瘫痪的现象。

我对他演讲印象最深的就是这一段，他说他当时在医院躺了两个月，后来在医生和护士的鼓励激励加各种软磨硬泡下，他站了起来，然后整整花了半个小时的时间，迈出了他站起来后的第二步。

这对于他来说，犹如重生。

那半个小时迈出的一步，并且，只是平时的三分之一步，其中有多艰难，只有他自己知道，在演艺跟梦想的道路上，他遇到了多少坎坷，也只有自己知道。

人们通常只会看到别人成功的那一刻，而成功背后的辛酸鲜为人知，人们只在成功者最光鲜的那一刻而喝彩，却很少在失败的那一刻，给予他人鼓掌。

所以，要从失败中走出来，从零开始，确实很难，可是，正因为有难度，当你踏出了从零开始的那一步，将来无论是否成功，你的人生终究都是有意义的，当你在回头看的时候，往往笑容里含着泪，泪水中含着光。

胜败乃兵家常事，有起有落才是人生，事实上，人生最值得喝彩的不是成功的那一刻，而是失败过后，你仍然有一颗不惧从零开始的心。

我认识一位阿姨，她的人生经历足以写成一本书。

阿姨姓欧阳，生长在一个普通家庭，生活条件差，初中还没有读完就已经辍学了，后来她就开始去学手艺，兜兜转转打了几年工之后，她开始做生意，天时地利人和，生意刚开始做就一发不可收拾，生意越做越大，在当地小有名气。

后来，她结婚嫁人了，老公也是个做生意的，两人强强联手，生意越来越大，仅工厂的员工就有数千人，欧阳阿姨那个时候和先生无疑是成功人士。

只是好景不长，几年之后，他们遇到了金融危机，欧阳阿姨先生的公司陷入危机，为了补救先生的公司，她不停地消耗自己一手办起来的公司，只是，尽管她用尽了全力，最终非但没能扭转局面，还连累得她自己的公司也一起没能经受住金融危机的冲击，先后垮台破产。

一夜之间，欧阳阿姨从身价上亿跌到一无所有，甚至还负债累累。

众人都唏嘘不已，从天堂跌入地狱很容易，但要想再爬起来，真的很难。

欧阳阿姨五十多了，这辈子怕是就这样了，不仅外人这样觉得，就连欧阳阿姨的先生也对未来不再抱有希望，他们夫妻俩这一生大起大落，这辈子的结果已成定局，他们夫妻俩再也回不到当年的光景了。

相比先生时常透露着一种无力回天的消极感，欧阳阿姨并没有忙着感叹，她觉得她有很多很多的事情要做。

首先，她要赚钱，她年纪大了，做不到像创业前那样到处奔波工作了，她开始重新琢磨规划自己的未来。

在他们生意还正旺的时候，欧阳阿姨喜欢去老西街一家老店里吃一种小吃，老小吃店的店主是一位独身婆婆，没有后人，她过世之后，那家小吃店的手艺也失传了，关门很久，欧阳阿姨一直怀念那个味道。

所幸因为她之前经常去吃，对于食材配料都相当的熟悉，婆婆也不是个吝啬之人，平时没什么生意的时候，就喜欢坐着跟她聊天，对小吃怎样做的一个流程，讲述得非常详细，她之前一直忙着做生意，没有尝试着自己做过，如今生意亏了，她反倒有空了，闲着没事，她就一遍一遍地做，看她实验多次都做不出当年婆婆做的那个味道，先生劝她放弃，不要再做无用功了，她却笑着对先生说："现在看来或许是无用功，但等我成功的那一刻，现在的每一分每一秒都是有意义的，只是你现在还看不到而已。"

于是，她继续锲而不舍一遍遍地实验，最后，功夫不负有心人，她终于做出了婆婆的那种味道。

味道成功之后，她就开始开张做生意，她有了手艺，本身就是个生意人，再加上本身许多人就怀念之前婆婆做的那个味道，她一开张，生意就无比火爆，天天满座。一家店根本没法容纳那么多的客人，她就把旁边的两家店都拿下来，不断研究新的口味，食材质量绝对过关，广告营销也不落下，就这样过了半年的时间，她就算把旁边的两家店拿下来也不够，很多外市外地的人都远道而来，纷纷感叹要是自己的城市也有一家这样的店就好了。

欧阳阿姨自然不会放过扩展生意的机会，她很快就在附近的两座城市开了一家连锁店，渐渐地，品牌名声越做越大，很多外来的游客，到了当地，都一定要来这家店里尝尝味道，每次来等上两个小时也是常事。

欧阳阿姨再次撑起了整个家，也再次让她的事业重新回到了以前最辉煌的时代，那一年，欧阳阿姨年满六十，哪怕两鬓白发，她也依然目光熠熠，精神抖擞，整个人身上的干劲，让很多二十多岁的年轻人都自愧不如。

那么，依然还年轻的我们，还在认为自己很失败一无所有吗？每个人来到这个世界上，便不会有彻底的失败，也绝对不会完全的一无所有，只要我们愿意重新从零开始，一切皆有可能，因为万物本身皆是从零开始的。

每个人的人生都不可能一帆风顺，经常失败多于成功，或者说，我们到现在也还没有做过一件真正意义上成功的事情，反倒是一次次的失败，一次次的遭受打击，接踵而至。

我们大多数人应该都极度地沮丧过，在某一件事情上，我们以为自己很认真很努力了，可是，一夕之间，所有的心血成果都化成了零，所有的努力用心在他人的眼中看来完全没有价值，如同废弃的垃圾不值一提，我们甚至连自己选择放弃的机会都没有，就直接被打入死牢，然后，深深陷入自我怀疑、自我否定当中。

我们并不能否认，那一次绝对是失败的。

可是，我们也要清楚地意识到，这并非彻底的失败，并非不再有任何的价值。

我们所拥有的价值便是——我们还可以从零开始，重新去创造属于我们独一无二的奇迹。

人生大多的时候都是在于积累的这个过程，最后的成功或是失败，其实都只是一个结果而已，结果的好坏，在于我们的心如何去评断。

而失败过后的从零开始，不过又是一次新的积累而已。

不要害怕重新来过，人从一出生起，其实就是一无所有的，后面所拥有的东西，都是慢慢建立的。

相比刚出生的婴儿，我们其实并不差什么，要说差，也只是差了几分如婴儿般对这个世界无惧又好奇的心。

不要害怕，不要对这个世界失去好奇心，这个世界如此之大，只要我们还有一颗充满好奇敢于从零开始的心，我们的生命便会有无穷的可能性。

而我们真正需要害怕的，是本身一无所有的我们，却从不愿意迈开脚步，去真正地行动起来，如果一直不动，不愿开始，一生也只有零。

等待时机，绝地反击

在我们的工作中，很难避免遇到各种居心叵测的人，在工作关系中挑拨离间，或者顶替他人的工作成果，将功劳全揽在自己的身上，以及盗取他人的成果从中谋取暴利。这样的事情比比皆是，很多时候让人咬牙切齿，却又无可奈何。

那么，在工作中当我们遇到这种小人甚至是坏人的时候，我们该如何立足，该如何去维护自己应得的利益呢？

下面我来讲一个真实的案例。

事件的主人公是我以前的一个同事，叫萧

萧，几年前，刚毕业那会儿，她跟大学校友陈陈一起进入了一家公司。该公司规模不小，各方面待遇也不错，她跟陈陈都是写策划案的，以前在学校里的时候，她们都给小公司做过兼职，写过一些还不错的策划案，所以对这份工作她们其实都比较有信心。

她们工资底薪是两千，其余的就是拿提成，每通过一份策划案，她们就能拿到一笔不菲的提成，她们相信自己的工作能力，所以底薪低也觉得无所谓，到时候多做几个策划案，也足够养活自己了。

只是没料到，她们进公司整整半年了，一个策划案都没有过，给予的理由都是客户不满意，萧萧跟陈陈两人的信心一下就被挫没了，甚至开始怀疑她们是不是不适合做这一行。

有一次在公司聚会的时候，有位同事喝了点酒，酒后吐真言，偷偷告诉她们，其实像她们这种进公司一个策划案都没有通过的多了去了，只是她们不晓得，其他部门的同事其实都是看在眼里的，之前就是这样，来一波新人几个月策划案没有通过，仅靠底薪度日根本养不活自己，做了没几个月就自动辞职了，走一批，来一批，根本不是那些人的实力不行，而就是他们部门的总监做了手脚，他们总监以公谋私，一部分人的策划案用来应付公司的客户，另一部分人的策划案，他拿去别的公司偷偷卖掉了。

他专门挑什么都不知道的新人下手，新人们对他做的这些事一无所知，以为自己真的不行，往往做几个月就自动辞职离开了。

萧萧跟陈陈也已经到了濒临辞职的边缘，意外得知这个消息之后，萧萧跟陈陈都相当愤怒，她们自然不想就这么辞职便宜了总监，一定要揭穿他的恶行，不能让她们的成果白白被人偷走，也不能让后面的人再来上当。

萧萧觉得这事得从长计议，总监在公司待了这么久，怎么也是老员工，脚跟很稳，绝对不是她们一面之词就能动摇他的，萧萧这边还没有想出好的对策，陈陈却已经完全控制不住自己的情绪，在她的案子再一次被总监说客户不满意没通过之后，她忍无可忍，终于当面揭穿总监的恶行，但结果并没有人相信陈陈，也没人敢站出来为陈陈说话，总监还恼羞成怒，以她污蔑为由，直接将她辞退。

萧萧也是事后才知道这事，但她也无能为力，只能看着陈陈受尽委屈打包离开，萧萧心里也憋着一股气，愣是没辞职，一直小心翼翼地工作着，即使心里对总监厌恶至极，她也没有露出一丝不满，一直本本分分地工作，策划案没通过，她也没有一声怨言，只说以后会努力的，这样一来，总监渐渐对她放松了警惕。

后来，萧萧终于等到了一次机会，公司跟一个新客户准备合作，要萧萧写这次策划案，恰巧客户也要来公司考察，萧萧直接越过总监，以让客户提意见或建议的请求，让客户看一看她的策划案，便将策划案直接交给客户看，客户看完之后，没有提出任何异议，甚至一下就拍定了这份策划案，当时总经理也在，客户在总经理面前夸了一番萧萧，说他们公司真是藏龙卧虎。

萧萧谦虚地笑了笑："您谬赞了，是我这次运气好，遇见了您，我在公司里待了快一年了，写了那么多策划案，这还是第一次通过，我这回真是感觉荣幸之至。"

"工作了一年这还是第一次通过？不应该啊，你的这份策划案非常成熟，看得出来，你水平是过关的，怎么会一直没有通过呢？

方便把你以前写的策划案给我看看不？"

"自然方便的。"

萧萧将以前自己写过的数份策划案都拿出来交给了客户，客户看完之后大赞，然后皱眉问一旁的总经理："这么好的策划案你们就这么作废了？简直暴殄天物。"

总经理这会儿也将萧萧的策划案看了一遍，看得出来，每份策划案都非常用心，质量也很高，完全不可能作废，至于什么原因，他心里渐渐有数了。

身为总经理，他以前就听过公司一些关于策划部总监的传闻，只是一直苦于没有实质性的证据，所以才没有行动。

一个月后，萧萧提升为小组组长，总监离职。

在工作中，遇到委屈碰上强权难以对抗，哑巴吃黄连有苦说不出的时候，很多人通常会选择辞职，在有的时候，也可以算得上是一种无奈中的明智之举。

一个充满昏暗的公司，也确实没有必要继续浪费自己的光阴。

可是，很多时候，明明我们只差一步就可以展示自己的才华，证明自己的能力，偏偏前面就有那么一片叶子遮住了我们的光芒，阻拦了我们的脚步，是走是留，是默默忍耐，还是气愤开撕？

走，是一种选择，但对于普通人来说，能找到一份工作实属不易，不可能每次都以逃避的方式来解决问题，那么这个时候，我们就应该冷静理智下来，因为冲动，只会让我们的处境更加难堪，如同陈陈，非但没有让总监得到应有的惩罚，反而自己只能无比落魄地离开。

卧薪尝胆的越王勾践在与吴国交战之时败于夫差之手，夫差要捉拿勾践，勾践听从范蠡之计，假装投降，得以保命，然后在吴国为奴三年，饱受屈辱，卧薪尝胆，最终励精图治，反败为胜，成功复国。

勾践之所以能够重新称霸，自然跟一个"忍"字脱不了关系。

忍字头上一把刀，但是忍也是我们手中一把无形的利器，在时机不够成熟的时候，我们不能时刻亮出来，隐藏着，锋芒内敛，待到关键的时候，便能一刀封喉，所向披靡。

当我们在工作中遇到了极其不平的事情时，能安静的时候不要嚷嚷，无论自己占不占理，都要充分地思虑过后，再出击。如果没有绝对的把握，便不要打草惊蛇，更不能任由自己被情绪所控，失去理智，否则，最终即使有理也还是一败涂地，正中居心叵测之人的下怀。

一时被陷害，一时被耽误，一时被埋没，都不可怕，要相信走入绝境之人，也有扭转乾坤之机，何况，我们只是暂时的阴霾。

当我们在不得志被碾压备受欺负之际，我们一定要沉住气，控制好情绪，冷静思考，谨慎言语，行事勿冲动偏激，厚积薄发，然后静待时机，绝地反击。

当机遇降临的时候

那天朋友聚会的时候，小六跟我讲了一段关于她表妹琦琦的传奇人生，虽然用到"传奇"二字有点夸张，但是她的人生确实也挺戏剧的。

琦琦出身农村，父母在她九岁的时候就离婚了，她跟着父亲长大，家庭条件不好，家里也不重视教育，所以她仅仅读了个九年义务教育就没有再读书了，之后就去餐厅打工，去酒店当服务员，小小年纪杂七杂八的工作干过不少。其实像她这样的女孩，同村也有不少，大多结局是到了年龄就回老家结婚生子，一辈子的前途也就这样了。

可是，琦琦又偏偏跟那些女孩不太一样，她对于自己的人生，有不一样的憧憬，她不希望自己以后又从大城市回到了那个偏僻的小乡村里生活，她不想回去随随便便找个人嫁了，变成一个粗俗的妇女，又随随便便过完自己的一生。

但是因为身边都是社会底层的人物，能够提拔引导她的人几乎没有，她就自己琢磨着开始学英语，这对于她来说，是最省钱的一门技术，她可以自己闲着没事就开始背单词，长期保持学习英语背单词的习惯之后，她渐渐也开始可以跟酒店里的国外客户用英语简单的交流。

二十岁那年，琦琦从老家回到城里，她将将一米六的身高，单眼皮，皮肤是偏黑的小麦色，脸上肉嘟嘟的有些婴儿肥，长长的黑发扎着两条麻花辫，粉红色格子衬衫，琦琦这样典型的一个乡里乡气的姑娘，在人群里是极不打眼的。

可是，她就在回城的公交车上认识了一位外国的男生杰克，杰克在国内上班，假期出来旅游，结果途中走错了方向，这会儿想在公交车上咨询该怎么走，但整个公交车上，只有琦琦稍微懂一点英语，能跟他勉强用英文跟中文混搭着交流。

公交车上遇见后，两人交换了联系方式，平时只要有时间，两人就会约着见面，一来二去，两人的关系水到渠成，开始正式交往。

那个时候，身边的人都极其羡慕琦琦，居然能交到一个外国的男朋友，长得帅不说，工作还非常不错，表面上是夸，但背地里，大家都在说，琦琦这样一个乡下丫头，是配不上优秀的杰克的，也不知道杰克看中了她什么。

这些声音也传到了琦琦的耳朵里，其实琦琦自己也想不通，杰克究竟看中了自己哪一点。有一次，她实在忍不住问出了口，杰克倒也不隐瞒，直接跟她说："因为你很特别。"

琦琦想，哪里特别呢？因为她的穿着乡里乡气？因为她皮肤比较黑？因为她脸上比较有肉？因为她手里那层厚厚的茧？

她从头到尾没有一点信心。

她想提高自己的信心还有气质，可是信心跟气质这两者都是跟出身环境脱不了关系，是从小到大养成的，可是，她还有什么办法呢？

事实上，杰克身边都是些大美女，身材很好，因为杰克的关系，她认识了一些杰克的朋友，很羡慕人家的身材，杰克就说："你也可以去练瑜伽啊，我朋友里面大多都会练瑜伽的，所以一般身材气质都不错。"

琦琦问他："你喜欢那样的女孩子是吗？"

杰克笑了笑，随口就回答："谁不喜欢身材热辣的大美女。"

无意的一句话让琦琦更加自卑，她看着自己的小肚子，脸上的婴儿肥，特别难过。

她更加想要改变自己的现状，她想通过学习瑜伽，或许能有机会提升自己的气质。

听到她想学瑜伽的想法，杰克十分赞成，刚好杰克在国外认识一个非常有名气的瑜伽教练，瑜伽教练底下正好有培训机构，如果去那里学习，肯定要比在当地学好很多，杰克问她想不想去。

出国，以前的琦琦从来不敢想的一件事情，她自然是一百个愿意。

于是杰克便帮琦琦联系最好的老师，帮她办理签证，帮她走进那家国际有名的瑜伽培训机构。

接下来，两人就开始长期的异地恋，琦琦在国外学瑜伽，杰克因为工作关系走不开，也只能继续留在国内工作。

虽然杰克帮她联系了培训机构，但是一个女孩子孤身在异国他乡，难免会遇到很多问题跟麻烦，琦琦除了学习之外，还要努力打工赚钱养活自己，同时，还要努力不被别人排挤，那是一段非常难熬的时光。

每当遇到困难的时候，她总是告诉自己，一定要坚持下去，这是杰克给她的机会，对于杰克来说或许只是举手之劳，但对于她来说，一辈子或许就这么一次了，她要努力，不辜负杰克，也不辜负自己。

然而，才过了几个月，她就发现杰克对她开始渐渐疏远了，很快，她就知道了原因，她在国内的朋友告诉她，杰克最近跟一个高个子美女走得很近，那个美女走出去跟个国际名模似的，高贵大方，而且一看就不缺钱的样子。

朋友话里话外的意思都在跟她说，让她认命吧，但凡是个男人，在她跟那个美女之间挑选，一定会选择那个美女的，主要差别太大，毫无悬念。

听到这个消息，琦琦很伤心难过，但一点都不觉得意外，这一切早在她的预料当中，当初杰克跟她在一起，也就是因为猎奇心理，漂亮时尚的女孩接触多了，偶尔就会想去接触一个乡里乡气的姑娘，等新鲜感过了，分手也是迟早的事情。

可是，毕竟杰克帮过她，她不想最后很难看，于是，主动提出了跟杰克分手，关于杰克跟那个高个子美女之间的事情，她没吵没闹，异常冷静。

分手后她很伤心，可是现实不给她一丝缓和的时间，身在异乡的她，要想吃饭，要想有房子住，就必须马不停蹄地工作，而且时间有限，她也必须抓紧时间学习，不能有丝毫的懈怠。

更重要的是，她想改变自己，从内到外，从形体到命运，她都要统统改变！

她毅然奋起，比以前更加努力刻苦，最终拿到最高瑜伽教师资格证之后，琦琦回国了。

回国之后，琦琦当了一段时间的瑜伽教练，后来又跟朋友合伙开了家瑜伽馆，因为琦琦瑜伽技术扎实，而且在国外的时候，琦琦就花了很多工夫研究瑜伽，整出了一套自创的懒人瑜伽，吸引了很多客户，生意越做越火，连锁店一家家地开，而琦琦也直接成了她们店的广告人物。

琦琦完全像变了一个人，很有气质，也很有自信，如果不是知根知底的熟人，没人会相信她是出身于偏僻的农村，学历只有初中而已。

有一次，琦琦在街头偶遇杰克和那个国际名模一样的漂亮女友，她大方地朝他们走过去，杰克看到她后，有点尴尬的同时，眼睛里也有惊艳，琦琦以前小麦色粗糙的皮肤如今白皙水润，褪去了肉嘟嘟的婴儿肥成了瓜子脸，身材曼妙，气质斐然，仿佛破茧成蝶，蜕变重生。

她看着杰克，脸上扬着自信优雅的笑容，伸出纤纤玉手跟他握手，对他说："谢谢。"

尽管他们的感情并没有一个好的结果，可是，如果没有他的一次举手之劳，她也不会有努力的机会，成就今天的位置。

　　当然，她更要感谢自己，是她抓住了机遇，奋起努力，是她在努力的过程中，克服了一次又一次的困难，才成就了今天的自己。

　　琦琦的人生经历称不上传奇，但绝对是值得学习的。

　　她从一个农村出身的初中生，文凭不高，没钱也没长相，说是土破丑也不为过的姑娘，一步步走到现在的位置，破茧成蝶变成了一个白富美，这一切绝非偶然，但是人们通常只会看到她惊人的改变，也只会羡慕她的好运气好机遇，可是，往往也就忽略她在这个过程中的努力。

　　她是有机遇，不过这也几乎是她二十年来唯一一次机遇而已，最重要的是，她抓住了这次机遇，她一刻也不敢懈怠地努力了。

　　在她人生逆袭的这个过程中，她曾经遇见的一次次困难，流过的每一滴汗水，袖子上偷偷擦拭掉的眼泪，都是她如今站在这个位置上的基础，扎实稳固地支撑着她，源源不断地给予她能量与信心。

　　每个人的出身是注定无法达到公平的，有人天生就赢在了起跑线上，有人一辈子或许都没法达到别人起跑线的阶段，所以很多时候，人会因为不公而产生抱怨跟愤念，然而，这不仅是最没用的情绪，也是最拖后腿的情绪。它不会无端端让我们的命运变得更好，甚至我们的命运还会因为这些负面的情绪左右而变得更加糟糕。

　　要知道，通常情况下，无论是谁都，不会喜欢接触一个负能量满满的人，因为在这样的一个人身上是看不到发光点的，这样一来，哪个"贵人"愿意将"机遇"赠予出来？所以，一个负能量满满的人往往气运机遇也不会好到哪儿去。

有些人有些时候会羡慕别人的好运，好像明明是同一个层次的人，偏偏人家却比自己多一些机遇，可是自己为什么会偏偏没有机遇，遇不到那个贵人呢？其实也跟自身的负面的情绪跟能量有着绝对的关系。

常言道，越抱怨，越倒霉，心胸宽，气运佳。

机遇、贵人虽说也跟中奖率一样难得，但是，人有漫长的一生，一年有三百六十五天，我们会遇到形形色色的人，随着接触沟通，机遇往往就会在不知不觉中产生，那么，在机遇产生的时候，如果我们不具备运用这些机遇的资本，或者说，我们没有灵活运用，让好好的一次机遇变成了一次失败的经历，那么这才是最糟糕的。

所以，其实每个人都会有自己各种各样或大或小的机遇，只是有些人把握住了，有些人却让机遇生生在手中溜走了而已。

我们最重要的也不是去苦寻机遇，而是要有驾驭机遇的资本，以及一颗紧紧抓住机遇的恒心。

有人说，佛前的香是修行得来的，人前的气是自己努力积累起来的，与其在抱怨中蹉跎岁月，不如把心放宽，调整好自己的状态，时刻做好准备，等机遇降临的一刹那，稳稳抓住，然后坚持不懈地努力，终归会有意想不到的收获。

撑起自身的荣光

我们身边总是不缺少各种抱怨的声音。

我的出身不如人家，起点就不一样，哪能跟人家比。

没有关系就永远没有上位的机会，没人提拔自己压根无法出人头地，再努力也比不上人家富二代。

然而出身背景跟背景关系真的有那么重要吗？有人帮助有人提拔就一定能成功吗？没有任何的外力帮助，你难道就真的不行了吗？

有的人将良好的身世背景当成一种自身的助力，同时也成了阻力，助力到哪里，格局便到哪里，当助力一旦失效马上就转换成了阻力，人生将再难扩展。

而有的人将充满缺陷跟阻力的身世背景，当成一种动力源，因为艰难，所以她不能停，因为身在谷底，所以必须往上爬，不敢停留，不敢松懈，不敢放过任何机遇，凭着一股子不服输的精神，一点点冲破阻力，扩展开生命的格局，抓住一丝又一丝的希望之光，一点点积累，善于运用，最后汇聚成让人无法忽视的荣光。

大学室友小 E 又在朋友圈里晒各种口红了，她是个口红控，所有大牌口红，每个颜色，每种质地她都要买来收藏心里才舒坦，晒完口红晒车子，晒完车子晒房子。

这个时候，有几个同学就跑来偷偷问我，小 E 是不是找了个特别有钱的男朋友啊，或者说，是不是有人在包养小 E，都从来没有见到她带男朋友出来跟同学聚会过，应该就是包养吧，记得她小时候家里可穷了……

是的，小时候小 E 的家里非常穷，不仅穷，她的身世也与常人不一样，她是个生下来一个月就被抛弃了的孩子，几经波折，后来被养父母收留，养父母前面有个女儿，因为生病耗光了家里所有的钱，还欠了一屁股的债，年纪也不小了，所以养父母养大她并不容易，小时候小 E 无论穿着跟零花钱什么的，都不能跟班上其他的同学相比。

只是，小 E 从小就是个特别懂事的姑娘，她知道自己家穷，她知道自己的身世跟别人不一样，她知道养父母在她的身上寄托的希望，所以，她从小读书就比别的同学都要用心刻苦。

或许跟出身有关，她从小就不是个娇滴滴的姑娘，甚至内心就没有把自己当成一个姑娘。她不喜欢跟女孩子玩，几个要好的朋友都是男生，她可以跟男生们一起打打闹闹，唯独不会像小姑娘一样撒娇。

从她很小的时候，就经常听到周围的人一直都在劝养父养母，他们年纪大了，把小E送完初中就让她辍学吧，然后打几年工，就找个人家嫁了，一个女孩子读那么多书有什么用。

小E不知道读书究竟有没有用，但是她知道，像她这样的姑娘不读书就必然没有机会出人头地了。

害怕养父母真的只让她读完初中就不读了，所以她更加刻苦地学习，每天都不敢松懈，每次考试都考得极出色，养女成绩优秀，养父母自然不会让她辍学，一直送她念完了高三，高考虽然没有考出她理想的成绩，但也考上了一本，养父母别提有多高兴了，借钱也要送她继续读，在读大学之后，小E就没有再问养父母要过一分钱。

小E是个极有才华跟生意头脑的人，上大学的时候，她就开始兼职，每个月赚的钱不比普通白领少。大学毕业的时候，她已经有了一份非常稳定的事业，但她也没有就此停下，而是继续拼搏，后来钱赚得越来越多，她便开始给养父母买房买车，给自己买好的、用好的。

这个时候，身边的一些老同学难免有些吃味，对她不熟的人就开始各种猜疑她的钱来得如何不堪。

身边跟她关系好一些深知她整个"发家历程"的人，当然也包括我，我们有时候会问她在别人这样猜忌她的时候，为什么不怼回去，完全可以实力打脸。

小 E 笑着说，她忙着赚钱提升自己还没时间，哪有空去管那些无聊的人。

我们都知道，小 E 的回答跟她豁达的性格没有关系，因为她比谁都清楚她走到今天所付出的一切，而这些，跟那点闲言碎语相比简直就太微不足道了。

那些在背地里各种对小 E 猜忌的人，一定不知道，在大学时，人家忙着谈恋爱时，她在熬夜写策划案，人家在男友怀里撒娇的时候，她已经身披铠甲上阵与商界精英谈判了。

她也曾失败过，在宿舍里喝完一箱啤酒，大醉一晚之后，第二天又重新开始努力。

她也曾挫折过，辛苦月余完成的成果被人一朝驳回，她大夏天整个暑假都拿着策划案到处跑，在被一家又一家拒绝之后，她终于遇见自己的伯乐。

对于她来说，坎坷的出身是激起她无穷斗志的源点，是给她奋斗时提供灵感的素材。

对她来说，失败是收获力量的又一次累积。

对来她说，挫折是一次又一次充满惊喜的转折。

无论身处何境，不要小看他人，也不要妄自菲薄，一个人的出身跟处境，不能代表她自身的能量。

每个人的能量都需要经过特殊的经历或是机遇方能得到激发，从而展现自己的光芒，如果没有激发出来，它的存在就形同每个人身体残留的废品。

没有任何人的成功会来自莫名其妙，只有体会过失败的人，只有在磨难中历练过的人，才能真正领悟通往成功之路的其中滋味，掌握技巧与禁忌，所谓爱拼才会赢，只有在拼搏中才能寻得机遇，才能在一次次失败中晋级，最后达到常人可望而遥不可及的巅峰。

不管出身如何，我们每个人来到这个世界上，总会有能够让我们发展拳脚的一席之地，不要只顾着羡慕他人，找尽借口跟理由，自己给自己制造各种阻力，惰于前行。人这一生最可悲的事情，莫过于空怀梦想，虚度光阴，从这一刻起，将自己仰望他人的姿态，调整为目视前方，向前奔跑，一路披荆斩棘，浴火重生，最终肩负起自己的责任，撑起那片属于我们的荣光。

你的自觉性决定未来

　　小江在微信上气呼呼地跟我说，她又跟两个弟弟吵架了，原因是因为两个弟弟很不尊重母亲，对母亲大呼小叫，她看不过去，狠狠地说教了他们一番，两个弟弟连母亲都不尊重，自然也不尊重她这个姐姐，于是，就吵了起来，而这已经不是他们姐弟间第一次吵了。

　　小江家是超生家庭，她是老大，下面还有一个妹妹，她父亲是深受传统思想影响，觉得没儿子很丢人，于是在连生两个女儿后，又继续追生儿子，这次，还一下生了一对双胞胎。

　　在小江看来，她家的"厄运"也就是从这

个时候开始的，因为生了双胞胎弟弟的关系，母亲的店也不能继续开了，只能关掉。因为超生，家里吃了很多苦，这对小江留下了很大的阴影。

生了弟弟们之后，小江跟妹妹就被送到了外婆家去寄养，因为没有家长管制，妹妹早早就辍学了，进入了社会，没人教没人管，男朋友换了一任又一任，工作也一样，极其不稳定，钱永远不够花。而她也没有读成大学，辍学后去学了点电脑，做些设计之类的，每个月拿的工资，几乎一大半都寄给家里，用来维持一部分开支，她一直艰难又踏实地过着日子。

最早的时候，他们家穷得都没有一间屋子可以住，一家人住在出租屋里面。因为家里人多，她必须跟妹妹住一间，生活困难倒也不算什么。

最重要的是，他们家总是家宅不宁。

因为父母基本不管妹妹，所以，她嫁人的时候，父母在明知道对方家里不看重妹妹的情况下，就让妹妹嫁过去了。在父亲看来，妹妹只要嫁人了，就是别人家的人了，就不用再管她，她也不用在家里吃住了。

但是很不幸，妹妹嫁人之后，因为婆家实在太过分，丈夫不争气也不体贴，妹妹提出离婚，他也没说什么就同意了。谁知父亲坚决不同意妹妹离婚，那段时间妹妹住在娘家，弟弟们也都在，一家人都在等着他养，父亲动不动就发脾气。

小江跟我说，她能理解她父亲经济上的压力，但是她并不同情父亲，她认为这一切都是因果循环，当初如果他不执意要生那么多孩子，现在也不会这么累。

最重要的是，他会生但不会教养，如今两个弟弟读书成绩不好，在一家技校混着，每次就考个二三十分，放假回家像个大爷一样，什么都不做，去打个暑假工这也做不了那也做不了，十八岁了，整天在家打游戏，小江跟母亲说他们几句，他们就嚷嚷着伤他们的自尊了。

自尊是自己挣来的，不是嚷嚷来的，小江很鄙视她的两个弟弟，但这一切，都跟她父亲脱不了关系，教养不好还生那么多，就是因果报应。

对于小江的看法和观点，我却不能完全赞同，我说："虽然说子不教父之过，但是这也不能完全怪你的父母，你想一下，你弟弟现在十八了，已经成年了，早就应该有要对自己人生负责的观念了，不管是谁都不可能依靠家人一辈子，有钱不行，没有钱更不行，再说了，你十八岁的时候也没有读书了，那个时候你在干吗？据我所知，那时候你已经开始赚钱帮着你父亲一起养家了对不对？同样的父母，同样的年龄，为什么你那么懂事，你弟弟那么不懂事？除了父母的一些关系，还有很重要的一点是，他们没有自觉性，还没有自我觉醒，还不知道父母身上的担子有多重，而且父母正在渐渐老去，也不知道自己是男人，该承担起自己与家庭的责任，像你说的，他们更不知道一个人的自尊是靠自己挣来的。"

小江很赞同我的话，立刻说道："他们就是没自觉性，一点都没有穷人家孩子的意识，家里本来经济条件就不好，还要跟同学比较这比较那的，人懒但又好面子，老想着从父母那里到各种零花钱，什么都不做，又想别人尊重他们，真是做梦。"

"一个人的自觉性，主要得靠自己慢慢去醒悟，不是你们说几句，骂几句就能唤起来的，这样反而会引起你弟弟的逆反心理，当然，七分靠自己，三分靠引导，而且，引导要适度，也不能急。"

"怎么引导？我觉得他们无药可救了，不会读书没有什么大不了的，我们亲戚家也有表弟们是不会读书的，但人家主动辍学后就去认真学技术找工作了，哪像他们，天天在家当米虫。"

"怎么会无药可救？你可以想办法让他们看到你爸赚钱有多不容易，比如，你爸在干活的时候，可以让你弟弟去现场看一看，看看你爸辛苦挥汗任劳任怨的样子，或者，让他们亲自面对房东来催租的情况等等，总之，就是让他们深入地了解，你爸妈的不容易，这个家维持得有多么艰辛，夸张一点也没有关系，反正一点点潜移默化地去改变他们的心理，这也是一种促进他们成长的方式，没有用言语逼迫，只是用现实无声地施压，从而让他们自己产生自觉性。"

小江思考了下说："你说得有道理，不过这不是我一个人能做得来的，我需要去跟我父母沟通，如果他们能配合我，这事就算事半功倍了。"

我给她发了一个微笑的表情，然后说："你好好跟他们沟通，父母肯定也希望你弟弟们有自觉性，慢慢成长的。"

过了几个月之后，小江跟我说，她总算是松了口气，弟弟们终于开始去工作了，这期间，小江也想了些法子去刺激他们，虽然要成长起来，还差得远，但至少他们现在肯去工作了，也算是件好事，成长改变这些只能慢慢来。

主要，他们现在渐渐有了自觉性，离成熟也不会太远。

很多人说成长和环境脱不了关系，这点我们确实不能否认，但是在相同的环境中，却又能塑造出完全不一样的人生。

同样生长在贫穷环境中的人，有些人只认为这是一个很不公平的世界，整天沉浸在自怨自艾当中，或者寻求别人的可怜，然后在贫穷的环境中越过越差，深陷困苦的沼泽之地不能自拔。

有些人很清楚自己生长在贫穷的环境中，没有任何可以使他摆脱贫穷，那么，他只有靠自己的双手去努力、去拼搏，最后打出一片属于自己崭新的天地。

同样生长在富贵环境中的人，有些人一出生就赢在了起跑线上，所以，他心安理得地享受着来自家庭带给他的一切，无须努力就可以用之不尽取之不竭，无须拼搏就可以站在别人辛苦半生都有可能达不到的位置上，他看似风光无限，但实则就像家族的寄生品，跟着家族一起一荣俱荣、一损俱损。

有些人一出生就有绝对的优越性，可是，这一切在他眼里就好像是浮云，他追求的是自我强大，靠着自己的努力慢慢让别人看到自己，他不需要不属于他个人的荣耀给他增光，因为他本身就很耀眼。

两种环境中，分别有两类人，不管生来贫穷或者是富贵，都有"有自觉"跟"无自觉"的区别之分。

出生的环境谁也无法改变，但未来的路，全看个人的自觉性来决定。

我有个亲戚家的表姐，家里条件特别好，爸爸是开公司的，尽管有钱，但是她一直以来都没有去享受过"有钱"的这种福利，她从小就是学霸，无须家里去给她找好的学校，自然就有好的学校来请她去读书。高考的时候，她考了670多分，进入了一流的名校，读完大学，她又被法国的一家名校录取，继续出国深造，拿的都是奖学金，平时也会出去工作锻炼自己，所以即使出国，她几乎也没花家里的钱。

读完书之后，表姐回国了，那个时候大家都以为她会回她爸的公司上班，以她的学历跟背景，去当个小领导绝对没问题。

让人意外的是，她并没有回她爸公司上班，她去了一家世界500强的公司，从基层做起，经常加班，甚至结婚怀孕了，她依然还在上班。

身边很多人就不能理解了，她并不缺钱，为什么一定要这么累呢？

她笑着说："我觉得上班并不累，现在我怀孕了，领导都给我减少了好多活，我挺轻松的。再说，回去了必然无聊，还会与这个社会脱节，这是一件很可怕的事情。"

所以，表姐一直踏实上着班，努力工作，以出色的工作能力让自己慢慢升职，短短几年内，她就爬到了中层的位置，年薪不菲。

她的工作虽然很顺利，但是她家族的生意却并不顺，她爸的公司几乎是一夜之间就倒闭了，亲戚朋友们都替他们感到惋惜，以为他们家会就此一蹶不振，但是等处理完公司的事情之后，表姐就带着一家人去旅游了几天，回来后，她自己工作没时间，也会替父母继续安排去各个地方玩。

他们一家人的生活过得前所未有的潇洒跟惬意，好像他们家并不是公司倒闭了，而是甩脱了一件麻烦而已。

表姐是这样对我们说的："以前爸妈工作忙，都没时间好好出去散散心，现在不开公司了，他们有的是时间了，当然要让他们好好出去玩一玩了，赚钱的事情有我嘛。"

这样的一句话，不是每个人都能轻轻松松说出来的，表姐能这样说，是因为她有足够的自信跟底气。

对于表姐来说，从前她没有因为自己是有钱人家的女儿而过得舒适散漫、不务正业，她一直努力勤恳，没有去依赖过家里的一切，她的工作能力是她自己培养锻炼积累起来的，她不用愁赚不到钱，所以即使她家里的公司倒闭了，这对她也没有任何的影响，因为，她本来就是独立的个体。

她从小就有自觉性，不会放任自己懈怠懒散，她一直在努力让自己强大独立起来，家里一帆风顺的话，她的努力算是锦上添花值得骄傲，不能一帆风顺，她的强大也能够撑起这个家。

其实不管贫穷还是富贵，最值得高兴的不是有钱，最让人沮丧的，也不是没钱，而是一个人他有没有自觉性，他是否知道，人生来本就一无所有，自己想要拥有的东西，必须要靠自己去赚取，不仅是名利，也还有尊严。

一个没有自觉性的人，再多的光环披在他的身上，他也终究是个废物。

一个有自觉性的人，即使在泥泞中，他也依旧能够发光发亮。

这个世界，不会有人去可怜一个没有自觉性的人，因为他永远都认识不到自己哪方面不足，却依旧能够振振有词，也没有人会去帮助一个没有自觉性的人，因为他完全找不到自己的方向，更不知道何为努力。

请自觉起来吧，没有人能为我们的一辈子负责任，而我们除了要为自己负责任之外，也要渐渐承担起周边的责任，没有自觉性，我们永远都没法独立成长起来。

要知道，我们没有资格一辈子挥霍父母的赠予，现实也常常不允许，所以，我们必须要有增强自己的意识，知识要吃进肚子里才算，本事要掌握在自己手中才行，有方向，有目标，有奋斗的精神，有绝对的自觉性，方不负我们的大好年华。

做一个好人不如做一个聪明的人

　　初中同学棠棠有一段时间很郁郁寡欢，朋友圈也总是发一些灰暗的图片跟无力的文字。在我的印象当中，棠棠其实是一个非常积极向上的姑娘，做人实在，与人为善，读书的时候就很认真，从不逃课，老师布置的作业总是第一个交，同学之间有问题跟麻烦的时候，她也总是不吝啬地出手帮助，老师经常夸奖她，她就是那种典型的"别人家的孩子"。后来毕业之后，她留在了本市工作，她所在的公司的领导，刚好我也认识，闲聊之间，聊到棠棠，也多是称赞。

这样的一个好姑娘，最近的状态怎么感觉这样颓废？难道是感情上出了什么问题？

正当我疑惑不解的时候，棠棠在微信上主动跟我联系了，问我："在不在？"

我赶紧回了她："在。"

棠棠找我是因为心里有事，心情不太好，想找人聊聊天，而我也刚好有些关心她的现状，所以，两三句就聊到了她最近发生的事情上。

原来，棠棠最近不开心跟感情没什么关系，主要是跟工作有关。

跟我了解的棠棠一样，她是一个实心眼的姑娘，没什么心机，也从来不会抱着侥幸的心理去做一些投机取巧的事情，她不爱占人的便宜，自己的事情绝对不会麻烦别人，她甚至在自己力所能及的情况下，也会主动帮别的同事分担一点工作，只要同事之间足够的和睦，她吃点苦受点累也觉得无所谓。

她觉得，无论是她的工作态度，还是她的本心，都没有任何不正当的问题，可是，她的一番好意，同事并不领情。

有一次公司里接了一个大项目，老板很重视这个项目，再三强调他们一定要加快进度，不能出现任何纰漏。项目下来后，各个部门分工合作，每个同事都有自己的任务。

棠棠独身一人，没结婚没谈恋爱，跟父母也是分开住的，很少打扰她，所以她有足够的时间去工作。下班之后，她觉得回去没事，就会留下来把没做完的工作继续接着做，等反应过来时，已经深夜了，连着几晚都是如此。

加了几天的班，她分内的工作提前做完，一下就空闲了下来，而其余的同事还在忙着工作，就她一个人闲着，她心里也略微觉得不自在，所以，主动去帮同事们继续把他们分内的工作做完。

同事们一个个都忙得焦头烂额的，她能去帮他们，当初他们也是开心的，并没有拒绝她，还一个劲儿地说谢谢。

她帮同事做了很多工作，有些工作她都没有告诉同事，就帮同事做好交上去了。

整个公司的同事经过一起齐心协力的辛劳工作，大项目最终在领导规定的时间内完成了，领导很开心，后面开会的时候，还在会议上特地表扬了一番棠棠，说她因为这个项目，连着加了好几天的班，好几次领导加完班下班的时候，她还坐在那里认真工作，并且，在她手里的工作完成之后，她还去帮同事做，整个项目，她一个人干了好几个人的活，他很是欣慰手底下有这样敬业的员工，希望大家多向她学习。

领导的这番大力夸奖，却惹来了同事们对棠棠的极力反感，这段时间以来，同事们因为这个项目都非常辛苦，怎么到头来，领导只夸奖棠棠一个，敢情她才是大功臣，只有她一个人在辛苦，其他的同事都成了炮灰。

也因为这次事件，同事们好像商量好了一样，开始疏远孤立棠棠，这让棠棠心里很不好过，以前对工作充满热情的她，现在完全找不到激情，同事们的不理不睬让她的工作进行得也很不顺利。

她连日来心情一片阴霾也是因为这个了。

现在，她正在考虑辞职，这样的工作氛围，她待不下去。

我很诧异，棠棠大学毕业后就在这个公司工作，投入了很多心血精力甚至是感情，工作也非常出色，如果辞职再去找工作，那她这些年所做的努力不是白费了？

事实上，棠棠自己也是不甘心的，她说："如果这会儿辞职了，我的那些同事会不会更加理直气壮地认为，就是我错了！可是，我分明是好心，我只是帮了他们，在我要帮他们的时候，他们并没有拒绝我，甚至心里还会松一口气，有人帮他们分担了工作，结果就因为领导夸奖了我，就变成了我的错了？天下哪有这个理？"

棠棠很无奈也很受委屈："我能怎么办？现在他们一个个视我为眼中钉，我在公司里度日如年，我觉得这样子下去，我说不定会压抑成抑郁症。"

我完全能够理解棠棠的心情，但是她打算辞职我又绝对是不能赞成的，逃避解决不了任何问题，反而会让问题更加根深蒂固。

我跟她详细分析："事实上，问题不在于你帮了他们不领情。虽然你的出发点是好心，但是在一定的程度上你自身也有问题，你所谓的帮忙其实也是表现太过激进勤恳，让领导感觉其他的员工不如你，好像整个工作舞台上就只有你一个人在努力表演，从而导致其他的员工对你有意见，这是你没有考虑周到的地方，所以，从客观分析上来讲，你的同事们为这个项目肯定也是劳心劳力，付出了不少心血的，想得到领导的夸奖跟肯定也正常，结果领导只单独夸奖了特别突出的你，从而忽略也相对有所努力的他们，那么他们心里自然也不会好受。当然，他们孤立你仇视你的做法实在有些过分，但单从理由上来讲，他们还是有一定可理解之处。

现在你不能辞职，但问题还是要解决的，你要在公司里继续正常工作下去，就必须化解跟他们之间的隔阂，这点，你可以从你领导那里下手。"

"我该怎么做？"

"你们这段时间不是完成了这个大项目，你们领导打算奖励你们，而且对你的奖励更加丰厚，是吧？"

"是的，不过我对奖励并不在意。"

"你不在意，但是别人会在意，你拿着比别人多的奖励，别人心里自然会更加不满意，所以这个时候，你就去找你的领导，好好跟他谈一谈，让他把给你的奖励改成跟别人一样，多余的你不要，而你只需要他在大家面前，好好夸奖大家一番就行了，你领导在商场上混迹这么多年，你这样一点醒，他肯定就会知道你的难处，接下来该如何做，他心里会有数，不用你操心了。

"不过在这之前，你就要请你的同事们吃一顿饭，当然，现在你请他们估计都不会来，你想办法以你领导的名义请吧，基本都会到齐，到时候，在饭桌上，你就打开天窗把话说明白了，表明你的态度，告诉他们，当初你帮他们的时候，是出于同事情谊，当时他们也并没有对你的帮助提出异议，如今你受了夸奖，却让大家对你反而有了成见，说你想邀功，这个锅你不背，同时你也向他们道歉，以后你会注意自己的分寸，在工作上绝对服从团队精神，共同进退，不过分积极地表现自己的个人能力从而忽略了整个团队等等之类的话，反正你只要表明了你的态度，不管他们心里如何想，至于他们以后如何对你，你悉听尊便。"

"跟他们把话说明白了后，如果他们以后还对你这样，那就反而会显得他们心胸狭窄，不管怎么样，即使他们心里对你不爽，以后表面上也不会对你太过分，而你也把握好自己的分寸就行了，同事就是同事，大家都是拿工资办事的，你做好你分内的事情就行了，坏事咱不干，好事咱也低调点。知你懂你的人，你伸手帮助也无可厚非，不懂你的人，又与你何干？想要在工作中达到一个和睦的氛围，首先你得跟人保持好距离，不冷漠，也不过分热情，这才是同事中长久的相处之道。"

那天我跟棠棠聊了很久，她也意识到，她自己平时的作风也相对有点问题，勤恳努力有干劲是一件好事，但是好人当过头，什么都抢着干，在别人的面前过分"显摆"自己的能力，把别人的风头也抢了不说，还把别人一下子压下去了，她自然就会被孤立。

如果她一直存在这个问题，以后不管去哪里工作，她跟同事之间的相处也好不到哪儿去。

在跟我商量之后，棠棠自己又好好规划了一番，之后，她几乎隔几天就会向我汇报一次她的近况，她没有辞职，也没有继续选择在公司里隐忍，在一次饭局上向同事们"摊牌"之后，那些之前故意孤立她不理她的同事，似乎害怕别人觉得自己小气，反而在工作上渐渐开始跟她沟通起来。跟同事之间的关系渐渐缓和之后，她也开始调整自己的一些习惯，自己分内的事情，她力求完美，别人有求于她，她也会不吝啬地去帮助别人，但是，自己工作之外的事情，她不再过分积极，以免让人误会自己有"显摆"之疑。

最主要的是，她掌握了一个要点，工作上千万不要抢了人家的风头，一个工作团队应该是一荣俱荣，并非一枝独秀。

且不说棠棠并无坏心，却因为过分积极热情的表现，惹来了同事们的反感，事实上，在我们每个人的圈子里，难免不会碰到一些特别想要得到领导的肯定，从而打压同事极力表现自己的人，这种人，在工作上往往都会得到大家的鄙视跟厌恶，被渐渐疏远孤立。

那么，他就算在领导面前占了点好处，也是难以服众的，当大家都不服气的时候，他又如何在工作中做到一帆风顺？

工作是一个团队，想要在一个团队里生存，人与人之间的相处这门学问是必不可少的，保持适当的距离，不过分疏远跟热情，才能在各种关系中，维持一个平衡的度。

工作积极是一件好事，但凡事切记物极必反，当你将别人的工作往自己身上大包大揽，得到的或许不是别人的感激，而是心理上的一些异议，比如说，认为你的这种积极是在显摆自己的能力，衬得别人都没有可用之处一样。

在团队中工作，并不是一个人的表演，我们得跟上团队的脚步，同时，也不能将团队落下，自己一个人积极地跑到最前头，从而让团队里每个人的努力都被淹没。

即使我们当真有能力，那么也还有一句话叫作"避其锋芒"，只要有能力，不怕不能展现，而真正有能力的人，也不是在工作上把自己的个人能力发挥得淋漓尽致，把别人都当成了可有可无的摆件一样，而是通过展现自己的能力，将整个团队都带动起来，这样的能力方能得以服众。

不要把自己塑造成一个好人的形象，好人往往是最不容易当的，做一个好人不如做一个聪明的人。

真正聪明之人，从来不会迫不及待地去表现自己，也不会极力去当一个大家心目中的好人，更不会置自己于风口浪尖之上，中庸调和，做一个不好不坏的人，往往能够避免很多不必要的麻烦，让工作顺遂，走向长远之路。

不肯努力，一生不能改变

希希是我一个小学同学，因为两家挨得近，到现在也偶尔还会有联系，希希辍学早，辍学的原因是因为她经常头疼胃疼，总是动不动就请假，然后干脆就没读了。

后来她去工作后，发现工作比读书更难，于是换工作也跟换衣裳一样。

她跟我聊天的时候，说得最多的不过是："姐，真羡慕你有份这么好的工作，我都不知道自己能做什么，以前那些工作，又累工资又不高，真是做着一点意思都没有。"

于是我建议她去学一门特长，把特长学到

手了，以后专心做一件事情，一定会越来越好的。

她立刻摇头："我都离开学校那么久了，年纪都这么大了，还能学什么啊？以前都学习不好，现在记性更差了。"

说这话的时候，希希才二十岁。

我当时被她的这个想法震惊到了，尽管我劝她说她年纪还小，只要肯学八十岁都不会晚，可是，她依旧无动于衷，然后，也还是会经常在某个夜晚，给我打电话诉苦，说上夜班太辛苦，她吃不消，工资也低，完全不够用。

于是，我再次给她建议："如果你不想学太技术的东西，你可以去学做家政之类的，比如高级育儿师和催乳师、月嫂之类的，现在这个行业很火，工资也高，怎么也比你在厂里上夜班好，如果你愿意学，我可以帮你联系，学好了，找工作你也不必担心。"

我在尽自己最大的努力帮她，然而，她几乎想也不想就拒绝了我的提议，她说："我这人脾气不好，给人家做下人，我肯定受不了，再说了给人带孩子那些更累。"

我无言以对，然后也不再多说什么了。

最近，她又突然跑来跟我聊天，说："你发现今年好多人生二胎了没？我也想生个二胎，工作太累了，怀孕了就可以不用工作了，至少又可以当一年的皇后。"

她的想法总是能出乎我的意料，也让我不敢置信。

虽然每次我说的话希希从来不会去听，但我还是苦口婆心地跟她说："你觉得工作太累了，想以怀孕来逃避工作，这种想法真的很不成熟！先不说，怀孕到底轻不轻松也不一定，我现在只想跟你说，咱们能不能把目光放远一点，如今你们一个孩子都觉得压力大，两个孩子你确定以你们的经济条件能养活得了？那时候经济压力更大，工作更累，你又该怎么办？"

我不知道希希有没有把我的话听进去，但目前为止，我还没有接到她怀孕的消息，可是尽管如此，我并不认为希希以后的生活能够轻松，因为她哪怕是再苦再累，也从来不愿意通过自己的努力去改变生活。

为什么有一些姑娘，永远都无法改变自己的命运，只能平凡甚至困窘地过一辈子？

就是因为在命运改变之前，她们就已经退缩了，在结果还没有来临之前，她们似乎就早早"看见"了结果，认为自己不行，一定会失败，没有努力的必要，然后就不愿做出任何的努力，浑浑噩噩虚度时光。

所以，人生没有失败者，只有不肯努力的人。

我们谁都不可能确切地预料到，自己的付出能够回报多少，但是，唯一可以确定的是，没有付出是永远都不会有回报的，因为天下没有免费的午餐，每个成功的人必然都是经过了常人无法体会的努力。

其实不管学历高不高，不管有没有能力，我们最重要的就是要先摆正自己的态度，付出跟回报是成正比的，所以，在结果没有来临之前，我们只要努力用心做好每一件事情，但行好事，莫问前程，该回报我们的，岁月不会少，不属于我们的，望眼欲穿也难求。

几年前，我有个朋友是做中介专门帮人找工作，那时候一个远房的亲戚便带着她的女儿过来托我帮忙找工作，按辈分来讲，这个亲戚的女儿也算是我的小表妹，虽说真是挺远的一层关系，但我想着人家既然都求上门了，自己能帮就帮吧，所以就把她带到我朋友那儿去了。

难得托朋友帮忙，朋友还挺热情的，当天请我们吃了顿饭。在吃饭期间，朋友微笑着很温和地问小表妹："你想找一份什么样的工作？有什么要求呢？"

小表妹歪着头想了想，说："嗯，我想找一份，工作时间不太长的，工作不太累的，轻松点的，工资高一点的。"

当时听完小表妹的回答，我有些尴尬，什么好处都占齐了，她确定这是来找工作的？或者她真以为天上会有馅饼掉下来的这种好事？

显然，朋友听完也噎了一下，但他没说什么，只问她："你的学历跟专业还有工作经验都跟我说一说，我回头给你看看有没有合适的。"

说到这个，小表妹的脸微微一红，说道："我是中专毕业，学的是平面设计，在我姑姑的广告店里做过一年的平面设计。"

朋友看了我一眼，眼神无奈，却还是朝着小表妹微微一笑说："我尽力帮你看一看吧。"

事后，朋友也确实帮小表妹找了两份工作，对学历跟工作经验没有什么要求的，然而，小表妹对第一家几乎什么都没了解，只看了看工资就摇头拒绝了，说："这工资也太低了，都养不活我自己的。"

小表妹对第二家的工资倒是还满意，但跟着朋友去公司看了看之后，她当下就皱了眉头："怎么工作环境这么差劲？"

于是，两份工作小表妹都表示不能接受，问朋友还有没有其他的工作，她想再看看。

朋友只简单地说了声："那我再帮你看一看。"

话虽如此，私下里朋友很是为难地跟我如实说道："以你小表妹的学历还有工作经验，要找到一份工作确实不容易，我也是托了很多人情才找到这两家，我已经尽力了。"

让朋友为难，我也感到抱歉，我说："这次真是谢谢你，我去跟她谈谈，如果这两家她确实都不想去，那这事我们也不用再管了，有些事她不自己去经历，她是不会明白的。"

事后，我跟小表妹说："其实我觉得那家工资低的公司环境各方面都还不错，你不如先去做着，当学习，增加工作经验，以后等积累了工作经验，你再去找一家工资高一点的工作也不晚。"

小表妹说："找一份工资低的工作是积累经验，找一份工资高的工作也是积累经验，我为什么不直接找一份工资高的呢？我再去找找看吧。"

听完她的话，我彻底打消了再帮她的念头，太过于不切实际的人，谁都帮不了她。

后来我也断断续续地知道了一些关于小表妹的事情，在我之后，小表妹的家人又托了别的关系给她找工作，她也去上过班，只是听说小表妹觉得自己不是上班的料，没多久她就辞职找了个人嫁了，那年她才刚满二十岁。

直到过了几年之后，我才再一次看到小表妹，当时我随妈妈上街去买菜，在菜场里有人给妈妈打招呼，我一时间没认出来，妈妈小声跟我说，她就是××家的那个小表妹，我恍然大悟，也有些吃惊，小表妹要比我小五岁，但现在看上去，比我大五岁都不止的样子。

看见我，小表妹似乎挺兴奋的，非拉着我去她家吃饭，本想拒绝，但架不住她的热情还是答应了她，在去她家之前，她又在市场上买了几个菜，即使就几毛钱，她也习惯性地跟人家讨价还价，我心里有种说不出的滋味。

去她家之后，我看到了她现在的生活状态，她是全职妈妈，孩子在读幼儿园，她早晚接送，白天在家做家务，一家人洗衣做饭全靠她一个人，她大概也习惯了，动作很麻利地准备了一桌饭菜。

吃饭的时候，她对我吐露心声："以前我的想法真是太幼稚了，以为找个男人嫁了就轻松有依靠，不用自己赚钱了，但是，我现在真是过得比以前累多了不说，伸手问人要钱的日子别提有多憋屈狼狈了。"

我暗自叹了口气，说道："你现在知道也不晚，你还年轻，还可以靠自己的努力挣回自己的尊严。"

小表妹苦笑："我还能做什么呢，这么多年了，以前学的知识全忘了，我本来就没什么拿得出手的工作经验，现在更没有地方愿意要我了。"

"忘了你可以再学啊，工作经验都是靠自己积累的，现在孩子上学了，你也完全可以自己去找一份工作，先不管是什么工作，也不管能挣多少钱，你就是赚一千，那也是你自己赚回来的尊严，等你差不多适应了职场之后，如果你有更大的追求，你可以在工作之余，学点别的东西，只要你肯吃苦，你愿意努力，你的人生一定可以改变。"

听完我的一番话，小表妹显然有些向往，眼睛有些发光地看着我，小心翼翼地问："我现在真的还来得及改变自己的人生吗？"

我说："你现在还年轻，人生才刚刚开始，你想要什么样的生活，都可以靠你自己的双手去争取，但前提是，你不要再心疼自己怕吃苦，然后不肯努力了。"

小表妹笑了笑说："我现在什么苦没吃过，哪还怕吃苦，我怕只怕自己这一辈子就过成这样了。"

我鼓励她："好，那你就勇敢地踏出第一步，去努力吧！"

虽然那次之后我们联系并不多，但偶尔妈妈跟我提起她的时候，会告诉我关于她的一些消息，小表妹重新去上班了，妈妈虽然买菜的时候很少再见到她，但是她会经常看见小表妹的婆婆，然后小表妹的婆婆就告诉妈妈。

小表妹现在可努力上进了，比她儿子还争气，挣得钱多不说，她每天下班回家还不忘看书学习，真是一分钟都舍不得浪费。他们家里娶到个这么肯努力的儿媳妇，真是有福气。

说到小表妹时，她婆婆一脸的自豪，妈妈转达给我的时候，对我感慨地说："你也要多努力，向你小表妹学习，公婆都是喜欢上进的儿媳妇的，没事的时候多看书学习，别老刷手机什么的，只要肯努力，再苦的命运都是可以改变的。"

对于妈妈的教导，我笑而不语，但是对于妈妈的观点我表示很赞同。

是的，只要肯努力，再苦的命运，都是可以改变的。

其实，有很多女性跟以前的小表妹一样，在面对工作时挑三拣四，怕苦怕累，各种嫌弃不满，对于工作，她们更愿意通过嫁人改变自己的命运，以为找了个男人嫁了，就有所依靠，可以减轻自己的压力了。

但是改变小表妹命运的，不是男人，不是婚姻，更不是她曾经的好高骛远，而是她自己的努力。

如果我们不愿意努力，只想着把希望寄托在男人的身上，那么，我们累了的时候可以依赖男人，当男人累了，我们却不能给予他一点点的依赖，这个时候问题自然就会出现。

每个人都想过上好日子，都想自己能有一份轻松的工作，可是付出跟收获是成正比的，我们不付出点东西，别人怎么来厚待我们?

我们仔细观察生活中的人，一般能够活得很精彩的女人，一定不是甘心现状又不肯努力的人。

就好比一只生活在鸡圈里的幼鹰，每天与鸡一起嬉戏啄食，嫌弃食物太糟，鸡圈太臭，想要飞上天空，却又不愿意吃那个苦去锻炼自己的翅膀，不敢冒险飞离地面。

把鸡圈比作环境，把幼鹰比作每个普通却有各自潜力的人，如果一直不愿吃苦受累，那么它将永远是鸡，只能生活在肮脏狭小的鸡圈里，如果敢为自己努力拼搏，把翅膀渐渐锻炼强大，在一次次试飞失败过后不放弃不言败，那么它终将有一天能飞出鸡圈，成为一只在天空中翱翔俯瞰大地的雄鹰。

我们每个人都有自己的用武之地，只是有些人通过自己的不懈努力，将自身的潜能无限开拓，将最好的一面展现在所有人面前，于是他成功了。而有些人因为种种原因的懈怠，还未开始就已经妥协，在困难面前一次次地选择望而止步，自然，他身体中的能量将会掩埋一辈子，平平庸庸就是一生。

所以，我们不要做一个不肯努力不愿意去努力的人，不要做一只习惯在鸡圈里生活的幼鹰，我们应该努力地展开自己隐形的翅膀，奋力飞向那辽阔的天空，见识这个世界的形形色色、丰富多彩，从而选择最适合自己的一片天地，激发出自己所有的潜能量，然后不遗余力地大展拳脚，在天空下、阳光中、生命里，绽放出最好的自己！

别让忙碌成为努力的假象

随着社会节奏的加快，当代年轻人每个人都有自己的工作。在工作中，我们通常以"忙"字来鉴定一个人的工作态度，似乎一个很"忙"的人就是一个很勤奋、很努力的人，值得别人高看一眼，相反，一个"不忙"的人，他就会显得有些不务正业，浪费时间，私底下还会遭人鄙夷。

这是一种很正常的现象。

可是，"忙"真的就是努力吗？"忙"的背后，一定会有了不起的成果吗？最重要的是，我们"忙"得是否正确？

小希是个出了名的工作狂，大学毕业之后，她就参加了工作，在工作上她非常勤恳努力，所幸她的男朋友非常体谅她，即使谈恋爱的时间少之又少，但他还是对她一心一意，最终向她求婚。

对于小希来说，谈恋爱是一件非常麻烦的事情，所幸男朋友非常支持她的工作，所以，她答应了他的求婚。因为忙着工作，婚礼上的所有事情，都是男朋友在安排，她只负责抽出一小部分的时间，去试婚纱等等。

直到结婚的前一周，小希还在出差，结婚的前一天还在外地，在家人都担心她赶不回来的时候，她终于在结婚当天一大早就赶回来了。

匆匆办完婚礼之后，小希没有休蜜月假，继续投入了工作，接下来便是怀孕，七八个月顶着大肚子她依然风风火火地走在公司的办公室里。

几乎快临产了，她才停下手中的工作，刚出月子就把小孩交给婆婆她又回到了职场，她就像一架完全不能停下来的机器，忙碌不已。

对于她的这种状态我们觉得不可思议，为什么她能把工作安排得这么满？她哪里来的这么多能量去工作呢？

有一次在群里聊天的时候，她说："没有办法不工作，我是家里的独生女，父母没买社保，没有退休工资，他们的养老重担都压在我一个人的身上，我唯一的办法就是努力工作，赚更多的钱。你们不知道，我晚上睡着脑子里想的都是工作，做梦也是跟工作有关的一堆乱七八糟的，有时候都不得不吃一些安神的药才能睡着。"

有人问她："你觉得你幸福吗？"

"幸福这个词对于我来说太奢侈了。"

有人继续追问："那你工作是为了父母，为了家人，可是，你有给过你家人幸福感吗？

这句话把小希问得说不出话来了。

那次的聊天草草结束，我们基本也没有把这段话放在心上，直到后来传来小希替上司顶锅被辞退的消息。

工作那么勤恳的小希却换来一个这样的结果，我们都替她感到惋惜，也担心她心里承受不住，纷纷去安慰她，不料，她的心情似乎没受什么影响，比以前还看开了一些。

她说："以前我只知道工作，因为觉得家庭压力重，不工作不行，可是，那天跟你们聊了之后，我回去反思了下自己，这些年来，我确实除了工作之外，其余什么都没做。毕业参加工作后，我甚至连着两年都没有回过家。过年的时候，别家都热热闹闹的，我的爸爸妈妈却只能在电话里听听我的声音，我努力工作是想为他们养老，但是我连最基本的陪伴都没给他们，养老的意义在哪里？还有我的女儿，满月后就交给我的婆婆带，她现在晚上都不跟我睡，只跟婆婆睡，对于我女儿来说，我婆婆才是跟她最亲的人，而我，完全没有履行我身为一个母亲的责任与义务。除此之外，这些年来我哪里也没有去过，除了生孩子那会儿，从来没有休过超过五天的假，也就是说，我从工作以后，就没有真正地放松过，更别提所谓的幸福感了。"

"最重要的是，我工作了那么多年，我那么努力，把所有的精力都花费在工作上面，可是，最后我还只是一个小组长，上面出事了就把我找来顶锅，也就是说，我这些年的努力是完全不被认可的。"

大家听完唏嘘不已。

小希紧接着说："这不能怪别人，只能从我自己身上找问题，我那么努力，每天那么忙为什么得不到认可？只能说明，这份工作不适合我，我忙是因为总有很多很多的问题要解决，我已经完全被工作操控，而工作却不能被我驾驭，这是最大的问题所在，我应该去找一个适合我，我喜欢，而且又不会占满我生活的工作，工作是为了更好的生活，如果我不能更好地生活，工作又有什么用？所以工作丢了就丢了，以后慢慢找。我现在要利用有限的时间，好好陪伴我的家人。不跟你们多说了，我要去幼儿园接女儿了。"

说完，小希就匆匆下线了。

这次被辞退对于小希来说是一次打击，同时也是一个转折点。

不久后，从小希更新的朋友圈里，我们看见她发了带着全家人一起去泰国旅游的照片，一家人其乐融融，乐不思蜀，小希脸上的笑容很舒心，那是一种难得在她脸上看到的放松状态。

再后来，小希虽然又重新参加了工作，但是，她的状态跟以前截然不同，每天早上上班之前，她会给孩子做好早餐，送孩子去上学，然后再去工作，下班之后，她也有很多的时间去陪孩子，给她讲故事和进行各种亲子游戏。周末的时候，她就跟老公一起开车带孩子出去自驾游。

有一回，她在朋友圈发了一张照片，照片上照的是摆满了盆栽的阳台，看着舒服又温馨，她还给这张图片配了字：这才是生命中该有的生活。

幸福其实很简单，无论在何时都不要忘记，生活是基于工作之上的，工作是为了生活在服务，而生活中不仅仅是工作。

我们每天早出晚归，在工作时多苦多累都要坚持，这是为了什么？都是为了能够生活得更好，可是，当我们感受不到生活，只感受得到工作的时候，我们必然不会觉得幸福。

工作跟生活虽然有密不可分的关系，但是我们一定要规划调控好两者之间的一种平衡关系，该工作的时候不能懒惰，该休息的时候，即刻停下。

一般没法平衡好工作与生活的人，往往不是真的在日理万机，而是被工作操控了，他的忙碌努力其实是一种假象。

同样的事情，为什么别人八个小时就够了，为什么你十八个小时还不够？

你只是看起来很努力很忙，工作把自己的生活占得满满的，没日没夜的，你身心俱疲，还想着年底老板能给你发个勤奋奖，实则你就像一台破旧的机器，苟延残喘地工作着，费时费力，也终究逃不过被淘汰的命运。

很多时候，其实我们都进入了一个误区，以为自己很"忙"就是在努力，努力就会得到回报。

包括我自己也曾有过这样的心理，比如有一次我熬到深夜才写完了一个稿子，第二天跟朋友聊天的时候，疲惫不堪的我说道："少壮不努力，老大来写字。"

可是我一边吐槽，心里边却隐隐有些说不出的自豪感，因为我觉得熬夜写字是一种很努力的表现，证明我没有虚度时光。

可事实上，我熬夜写完的稿子，第二天就被编辑打回来了，她告诉我："你这个稿子是不是写得很急？有些事情没交代清楚，逻辑还有点问题，你再修缮一下，不要急，慢慢来。"

我让自己熬夜，把时间填得满满的，不惜熬夜损耗身体去写，得到的结果却是差强人意，这让我开始反思，我应该缓一缓了。

一个人只有一刻不停地努力也是不行的，机器需要充电，人也需要休息，补充能量。

最好的灵感来自生活中微小的细节里，如果没有一个放松的状态，让自己回到生活，回归自然，是不会出现偶遇，从而激发出灵感的。

工作固然重要，合理安排工作更重要，包括工作的时间以及性质，都要在自己的驾驭范围内，收缩自如，这才是最合适自己又是最好的工作，也是服务于生活的工作。

不要让自己制造出忙碌努力的假象，最好的努力，也是最合理的安排。在规定的时间内必须把工作做好，把其余的时间，留给自己，留给家人，去发现，去遇见生活中的每一处美好，时光荏苒，流年不惧。

不要一切想法都止于行动

　　我作者圈里有个好姐妹小君，她家里条件一般般，她自己读书不多，毕业后也没去找工作，依靠写字过活，日子总是过得紧紧巴巴。那个时候，有一家出版公司是专门收枪手稿的，只要她肯写，就肯定有钱拿，收入较为稳定，于是她选择了走枪手这条路。

　　那个时候，很多人劝她不要写枪手，枪手到底是没前途的，稿子一交出去，拿点微薄的稿费，那本书就跟她无关了。

　　可是，小君那个时候全靠写字维持生活，不敢断了经济来源，所以一直都不敢放弃枪手，但是写了枪手之后，她就没有精力再写自己的文。

她一直处于一种纠结的状态，她想写自己的文，但又怕自己的文写了没人要，到时候她的生活费就没了着落，所以，枪手文她不敢不写，但枪手是没前途的，这点她心里非常清楚，于是她总想着，写完手里这本枪手文，攒了些钱就写自己的文吧，但是枪手一本接着一本地写，她眨眼就写了好几年，却一直没能攒下钱，也没有写出自己的作品。

这些年她虽然一直在写，但她没有一丝个人成就，哪怕她之前写的书火了，也跟她没有半毛钱的关系，她也只能哑巴吃黄连有苦说不出。

其实跟她一样经济窘迫又没有其他收入的作者，我们圈子里也有，她就是小叶，小叶就属于那种，宁愿自己饿死，也不会为了能立即拿到钱有稳定的收入，而将自己的作品卖了当枪手，她自己写的作品，不管有没有钱，不管卖不卖得出去，都是她的。

或许一开始她有多部作品没有卖出去，但是，近几年，网文趋势大好，稿子很好卖，最重要的是，她一直都是在为自己写，每本都写得很用心，质量都有保障，虽然不至于每本都火，但是因为一本本的积累，她人气越来越旺，读者量的不断增加让她所有的作品都卖得相当不错，所以，她的收入是很可观的，几年下来，如今她已经依靠自己的能力全款买车买房了。

当然，除了名利之外，她更开心的是，她现在能够一直坚持写自己喜欢的作品，做自己喜欢的事情，她觉得，人生最好的状态莫过如此。

小君跟小叶是差不多一起起步的，从默默无闻的小作者开始，立志要在这个圈子里占得一席之地，可是，为什么结果会天差地别呢？

　　原因显而易见。

　　小君胆小，永远觉得时机不够成熟，在经济没有得到保障的时候，不敢去放手一搏，她不是没有远见，她知道写枪手没前途，却一直没有勇气去改变，但是小叶不一样，她认为生活再差也不过如此了，她喜欢写稿子，也想为自己挣得名与利，她为了这个目标而奋斗，敢于抛开眼前的一些小利，为了自己的目标埋头苦干。

　　有些时候，人与人之间差的不是运气，差的只是一步，有的人勇于迈出最艰难的那一步，有些人却畏缩不前。

　　前几天去国税局办事的时候，遇见了一年多没见面的秦姐，秦姐身边还有个同伴，一个中年女人，面色枯黄，头上还有几绺显而易见的白发。

　　秦姐给我们相互介绍的时候，对我说："小黎，她是张姐，我从小玩到大的姐妹。"

　　听完秦姐的介绍，我赶紧将快到嘴边的那句"阿姨"改成了"张姐"。

　　倒不是我眼拙，是从外表看，我真看不出她是跟秦姐一起长大的姐妹，秦姐四十多岁，整个人看着顶多三十多岁，干练中又透着一股迷人的风韵。但是张姐看着就跟我妈一样大，全身上下都是满满的岁月痕迹，一看便知道是一个普通的家庭主妇。

　　从国税局办完事之后，张姐家里还有事就先走了，我跟秦姐一年多没见面，于是找了家茶楼坐下聊了聊。

秦姐大我十多岁，认识秦姐那会儿我才十七八岁，秦姐爱交朋友，所以各个年龄层次的朋友都有，我们是因为写文认识的，机缘巧合渐渐就聊熟了。

写文只是秦姐众多爱好中的一项，除了写文之外，秦姐特别热爱投资，刚认识她那会儿，她就开始投资各种生意，我所知的就有餐馆、茶楼、广告公司等。投资有风险，当时她大多数生意都是亏本的，有段时间连温饱都是问题，只能靠微薄的稿费赖以度日。

可是，如今的秦姐是成功的，她的美容养生店早就形成了连锁店，遍布全国各地，这还不包括她的其他生意，这一切，都是她自己打拼来的，她老公只是一个普通的公务员而已。

这次见面，我们聊了很多，其中就聊到了秦姐的事业，秦姐自认为不是一个特别有生意头脑的人，一开始的时候，她也走了不少的弯路，吃了不少的亏，期间，我们今天看到的那个张姐当初就劝过她很多次，让她像她老公一样，考个公务员，安心稳定地过过日子就行了。

可是，秦姐最没法做到的事情就是"安心过日子"，她有很多的想法，这些想法不去实现，她就寝食难安，相反，只要实现了，就算失败她也是开心的。

而张姐跟她完全不一样，张姐不是一个没想法的人，甚至，她的想法都还不错，秦姐经常向她请教。

说到这里，秦姐就不由得摇头叹息道："她脑子聪明，但是做事缩手缩脚，有时候宁愿让一些好点子胎死腹中或者拱手让人，也不敢冒险去付诸行动。我现在手里头有一家公司最初的想法就是源自她。当时我听完她的想法觉得很不错，让她实施起来，她不肯。好吧，她不肯没关系，我来做，毕竟是她的想法，我让她投资一点钱当股东，但是她也不乐意，她宁愿把她的那些存款存在银行里拿点微薄的利息，也不拿出来跟我一起合作投资。那些钱是她省吃俭用攒下来的，她不愿意冒险拿来投资，尽管那是一件她很想做的事情。"

秦姐无奈地耸了下肩膀，继续说："其实她会做出那样的决定也实属正常，毕竟我在那之前，所有投资的生意都失败了，还欠了一屁股的债，任谁都不可能太相信我，只是，那个时候，她只看到我的失败，没看到我从多次失败中总结出了很多有用的经验。"

"我记得我刚认识你那会儿，你就在跟人一起合作，那会儿似乎进行得不太顺利。"

"不是不太顺利，是很不顺利，那会儿跟好几个合伙人一起做生意，原本想着人多风险小，最后才发现，人多才是管理的大弊端，不过这些失败的经历也都是经验。"

"正是因为这些失败的经验积累，秦姐你才有今天。"

秦姐微微一笑："聪明，失败并不可怕，没有失败经历，哪来的成功的结果呢？所以，即使是不成熟的尝试，也总比有想法不付诸行动，让所有的机会都胎死腹中的好。"

我赞同地点点头。

秦姐接着说："我跟张姐最大的区别是，我是一个喜欢去尝试的人，而张姐是一个安于现状的人。你现在还很年轻，还有很多想法跟机会，不要光想而什么都不做，未来到了我这个年龄，你想做张姐，还是秦姐我，由你自己选择。"

我笑着说："我谁也不做，我就做我自己。"

秦姐赞赏地点点头："这也是个不错的想法，想要做自己也不是件容易的事情，你也要行动起来才是。"

是的，不管什么事情，都不是想想就可以的，包括做自己。

事实上，在跟秦姐这次见面之前，我刚做了一个决定，就是辞职在家做自己喜欢的事情，在跟秦姐谈话之前，我虽然已经做了决定，但心里多少有些忐忑，可是跟秦姐谈完之后，我瞬间就更加坚定了。

做自己想做事情，这是没有错的，不管结果如何，这些都是经验，总比你想得天花乱坠，却永远止于行动要好得多。

如果你不去做，你永远都不知道，你的想法是否在现实里面行得通，或者你的想法离现实究竟有多远，要如何去调整才行，一切都是个未知数，多年后，当你再回头时，难免不会有所遗憾。

即使你的想法策略在外人看来相当的幼稚，并且前面充满了阻力，也不要让它胎死腹中，因为，去尝试了，你才有机会打开新的世界，如果你静止不前，那么你的人生局面，永远都不会扩张。

人生最可悲的莫过于光想不做。

勇敢地去尝试吧，行不行，不是别人说了算，结果的好坏由你自己定论。

哪怕结果没有你想象中的那么好，但是你在其中学到了东西，积累了经验，那也是一件很有价值的事情。

每个人都有自己的人生，短短几十年，其实能做的事情并不多，有机会去尝试并非是件坏事，最遗憾的事情，莫过于我们还没有开始，就选择放弃去努力、去尝试的机会。

人与人最大的差距在于，当你在犹豫不决的时候，别人已经出发了，当你碌碌无为却道平凡可贵的时候，别人已经走出了一片新天地并且站稳了脚，最后，你终于恍然大悟了，然而别人已经走到了你再也无法追逐的位置，而你还在原地。

失败在于事成之前剧透

　　久未联系的小墨突然找我聊天，她心情似乎很低落，这让我有些诧异，小墨性格开朗，虽然平时跟她聊得不多，但每次都能被她的乐观直爽所感染，她这郁郁寡欢的样子我还是第一次见。

　　我跟她认真地聊了会儿后，才知道她心情不好的原因。

　　事情是这样的，小墨跟我了解的一样，她喜欢交朋友，对朋友也相当耿直，从不耍心机，有什么话也不会藏着掖着，很多人也爱跟她交朋友。

可是，最近小墨终于发现了她个性里的弊端。

小墨有个好友群，里面全是跟她聊得来的作者，大家经常在一起聊稿子之类的事情，比如谁谁谁在哪家过稿了，哪家要收稿，大家可以去投之类的，共享信息。

时间久了，小墨在这个群里也越发的推心置腹，有什么开心的不开心的，哪怕芝麻大点的小事，都要在群里说一说。

有一次，小墨想到了一个特别好的书名，跟编辑商量之后，编辑就冲着这个名字，正文都没看，就直接要跟她签下来。后来小墨把这事到群里说了说，跟大家分享了下喜悦，然后群里有人问她书名是什么，她没有多想，随口就回答了，当时，她都快把这事给忘记了，直到几个月后，她交完了稿，才在微博看到有本书宣传的书用了一模一样的书名。

小墨很吃惊，世界上怎么会有这么巧的事情？

没过多久，小墨意外地知道了跟她取了同样书名的作者是群里面的，小墨再也不相信巧合了，跑过去质问那个作者，那个作者却死活不承认她在群里看到小墨有说过书名的事情，说这个书名是她很久以前就想好了的，要抄也是小墨抄她的，不过她的书现在已经下印厂了，她抄也没用了。

小墨气愤不已，当时就拉黑了那个作者，哑巴吃黄连有苦说不出，她只能自认倒霉。

我听完不由得叹了口气，说道："吃一堑长一智，这次吃了这样的亏，下次你就要记住了，以后这么重要的信息就不要提前在群里面说了，毕竟人心难测，群里面那么多的人，难免不会出现有异心的人。"

小墨也表示以后要长个心眼了，没有彻底成功的事情，绝对不再拿出来跟别人说了，不然自己辛辛苦苦种下的果实，就被别人给摘了。

是的，我们生活中其实有很多像小墨这样的姑娘，心无城府，对于身边的人毫无防范之心，心里有那么点事就一下全盘托出。

然而，说者无心，听者有意，我们永远都不知道，别人心里会打什么样的算盘，所谓害人之心不可有，防人之心不可无。

凡事要沉住气，不要有点开心的事情就恨不得全天下人都知道，可事实上，我们开心的事情，别人不一定也替我们开心。

我之前在公司上班的时候，有两个姑娘 Alice 和 Kiki; 她们关系特别好，一起合租房子，一同上下班，两个人的关系好到就是穿同一条裤子也不会让人觉得奇怪，让人很羡慕。

可是，突然有一天，这两个姑娘闹翻了，在公司里见了面谁也不理谁，但是同事们都能感觉到她们之间的火药味，一夕之间，从好朋友变成了敌人。

一天下午，我做完手里的工作之后，端了杯咖啡走到公司的楼顶，打算放松休息一下，不料刚走到楼顶，就听见一阵低泣声。

我循着声音走去，看见 Alice 蹲在墙角那儿哭，听见我的脚步声，她抬起头，睁着一双满是泪水的眼睛看着我，我有些尴尬，忙问她："怎么了？"

Alice 赶紧抹掉眼泪，调整了下情绪，看着我勉强地笑了下说："没事，我就是心情有些不好。"

"如果心情不好的话，你可以请假先回去休息，我帮你跟上头说一声就是。"

Alice摇摇头："请假倒是不用，但是，你能跟我聊聊吗？我感觉我都要憋死了。"

我有些意外，Alice平时跟我接触其实不多的，但是这次，她像是倒苦水一样，将心里所有的事情都向我倾诉出来。

其实如我所料，她心情不好，是因为跟最近的工作变动有关系，但是，让她情绪彻底崩溃的，不是工作，而是跟她的好朋友Kiki之间的事情。

我们都知道Alice跟Kiki之前是好朋友，在友情破裂之前，她们几乎是无话不谈的，按照Alice的原话说，在以前，她是连命都可以交给Kiki的。

上个月的时候，Alice跟Kiki的共同领导找了Alice谈话，因为领导马上就要调任高升了，这个位置，她想给Alice，因为她一直觉得Alice的工作能力很不错，人也勤奋，所以她想提拔Alice，只要她这段时间不出什么大错，等领导走了，这个位置就是她的了。

为避免情况生变，Alice跟领导谈完话之后，没有跟公司的任何人提起，但是她却没忍住跟Kiki分享了这个好消息，两人甚至还为此吃了顿大餐来庆祝。

但是在领导离开之前，Alice在工作上出了些差错，她负责的一个项目出了问题，导致公司开会将她严厉批评了一番。说来Alice其实也有些无辜，问题不是出在她的身上，是出在Kiki的身上，是Kiki交给她的数据出了问题，她后面的工作才会跟着出了差错，但是担责的肯定就是她了。

Alice 出了这档子事，晋升是铁定没戏了，而 Kiki 却捡了个大便宜由此晋升成了 Alice 的领导。

一开始，Alice 是怎么都不会去想 Kiki 会从中做什么手脚，只当是自己倒霉，命中注定那个位置不属于她。

就当 Alice 在自我安慰中慢慢调整好了情绪的时候，她发现了一件事情，原来 Kiki 当初那份数据根本不是她用心完成的，那份真的数据被她藏起来了，她拿了份假的数据应付了 Alice，从而导致 Alice 在那个项目上出了大问题，使得 Alice 最终丢失了晋升的机会。

Kiki 这么做的原因显而易见，她得知领导有意提拔 Alice，而同职位的 Kiki 心里显然有所不甘，强烈的嫉妒以及不甘心，让 Kiki 给 Alice 使了些手段，Alice 出了差错，Kiki 的机会自然就来了。

Alice 跟 Kiki 大吵了一架之后就绝交了。

可是木已成舟，现在 Kiki 成了 Alice 的上司，她做的所有工作都得听 Kiki 安排，Alice 忍了好多天，心里却是越发的不平衡，只能躲在这里哭上一阵。

事实上，Alice 觉得这事还真不能完全怪 Kiki 不道义，每个辛辛苦苦工作的人，谁不想晋升呢？怪只怪事情还没有真正落实之前，就把这么重要的信息透露出去，哪怕是所谓的好朋友，但凡跟利益沾上了关系，两肋插刀的好朋友也能在背后插一刀。

虽然我们身边的朋友不可能每个人都像 Kiki 那样阴暗，为了利益背叛朋友，但是我们不能保证身边的每个人不会因利益的诱惑，而做出伤害我们的事情。

喜欢跟人分享自己的喜悦,这是人之常情,可是早说晚说都是说,沉住气,与其担心别人会不会说出去,或者担心别人会不会害自己,不如就把这事好好地揣在自己心里,专心努力去完成即可,事成之后,再说也不迟。

村上春树曾说:我们该做一个不动声色的大人了。

小孩子可以童言无忌,但是作为大人,我们却不能够再口无遮拦了。

我们承认,这个世界上大多数人都一心向善,但我们也不能否认,如果把这个世界看作完全的真善美,现实自然有的是办法认清它的面目。

这个世界有黑白之分,我们不过于纯善,也绝不偏激。

我们需要给自己留一点余地,一丝防线,把话说出去之前,我们一定要确定,这事说出去不会对我们有损害,不会再影响结果。

不然,别说是最好的朋友,就连亲生父母,也不能透露。

之前有个读者跟我吐槽过一件事情,吐槽的对象是她的爸爸。

几年前的时候,她还在以前的那家公司上班,那家公司是跟国外的一家公司合资的,有一次公司决定派一个人常驻国外,不仅能长期住在国外,连福利待遇都高出了一倍不止。

这是一个人人眼红的机会,公司有意派她去,她自问不是一个大嘴巴的人,可是心情实在高兴,而且,这也不是件小事,所以,她就跟她爸妈说了下。

尽管她吩咐过爸妈不要到处宣扬,结果,不到一个星期,在她爸爸的宣扬下,几乎所有的亲朋好友都知道她要出国工作的事情了。

她一下子压力就上来了，心中很忐忑，结果没过两天，领导就告诉她，这事黄了，后来身边的亲戚朋友见到她就问："什么时候出国啊？"

"出国了以后能不能帮我买点东西？这样我都不用找别的代购了！你还可以兼职代购，可赚钱了！"

"不是说你要出国吗？怎么还没走呢？"

有段时间，她几乎都不敢出门见人了，后来出国的事情黄了都一年半载了，也还有人时不时就问她一下。

她就郁闷了，她这么久都没有出国，显然是黄了的，不知道那些人还跑过来问是出于什么心理？真是哪壶不开提哪壶！

经过此事之后，她但凡再特别重要而又没有确切落实的事情，连爸妈都不敢告诉，后来她去考事业单位了，笔试考完，她是第一，她没敢跟爸妈分享这份喜悦，后来面试也是第一，毫无疑问录取了之后，她才告诉爸妈，果然没过几天，身边的亲朋好友都知道了，不过这个时候已经是铁板上钉钉的事情，她也无所谓了。

只有你一个人知道的时候，你完全可以收缩自如，事情若是没成，最多也就你自己一个人心情起伏一下，对你周围的人起不了什么风浪，事情若是成了，再把事实结果摆在众人的面前，一鸣惊人也未尝不是一件好事。

不要在事成之前提前剧透。也不要身边的人对我们稍稍好一点，我们就对人家交根交底。有些事情初露锋芒就恨不得告诉全天下的人自己有多了不起。

我们每个人做一件事情，是行动，不是靠嘴巴，把还没有结果的事情告诉别人，弄得人尽皆知，自己压力大，对心态不利不说，到时候如果成功了还好，若没有成功，在别人眼里，我们就只是个空口吹牛不靠谱之人，无疑是在自损自身的信任度。

一个真正成熟睿智的人，他不会空口无凭，只会忠于内心的发展与成长。

不宣扬，便不会将自己置于风口浪尖，不剧透，避免徒增来自周围的压力，不虚荣，绝不让心怀不轨之人有机可乘。要想成事，必先沉得住气，将话藏在心里，将野心交于双手去行动。

第三章
婚姻情感：于世俗中浅笑安然

婚姻，可以是避风港，也可以是一场龙卷风的源头，想要什么样的状态，还要看我们如何去看待它、经营它。

婚姻是两个人的结合，每个人都有自己的棱角，于是需要一个磨合的过程。然而，我们都是独立的个体，或许，我们无法让另一个人改变，但是，我们可以通过努力，把自己塑造成最好的样子，做一个心态明媚的人，不用担心希望落空，不用害怕未来黑暗，不骄不躁，不偏不倚，于世俗中浅笑安然。

不讨好世界，不为难自己

"一个人活在世上，如果没有点磕磕绊绊，那就不叫人生。"

这是何胜男半夜更新的一条朋友圈，熟悉她的人在看到这条朋友圈的时候，脑海中第一个念头绝对是她家里人是不是又来找她"帮忙"了。

结婚三年，奉子成婚，烦恼却一直都没有断过，但是她的烦恼并非来自婆媳关系，她的烦恼出自娘家。

事情要从何胜男的身世背景说起，但是不要误会，她并没有惊天地泣鬼神的悲情背景，相反，她的家庭还算完美，爸妈生了一儿一女，组成了一个人人都想要的"好"字。

因为出身农村，小时候条件不好，何胜男的爸妈相当勤劳俭用。哥哥比何胜男大三岁，哥哥穿小了淘汰的毛衣之类的衣服，妈妈总是会留着给她穿，小时候，她不懂事，并不觉得有什么不好，直到十岁过后，在班里的女同学都讨论如何如何漂亮的时候，她才发现自己身上穿的衣服还是哥哥的，那个时候，小小的她心里并没有埋怨妈妈给她穿哥哥的衣服，她是个很懂事的小姑娘，体谅爸妈辛苦劳动赚钱不易。

也正因为这种"体谅"，她即使在心里一天天埋下自卑的种子，也从不会对继续给她穿哥哥衣服的妈妈说一个"不"字。

同样是90后的孩子，"任性"对于何胜男来说是一个陌生的词。

大概是因为爸妈从小给她灌输赚钱如何如何不易，家里如何如何穷的观念，导致她从小就不敢问爸妈要任何东西。在她心里认为，提出让父母花钱的要求是罪恶的。

的确，在这种教育之下，让她成了父母乃至周围人眼里的"乖孩子"，可是，没人关注过，她内心的自卑与胆怯。

读初中的时候，她的视力逐步下降，即使坐在第一排看黑板上的字也是模糊的，成绩一落千丈，那个时候，农村的孩子少有戴眼镜的，对于视力的下降，缺乏经验跟概念的她，从没有想过让爸妈去给她买一副近视眼镜，因为，她从来没有对爸妈主动提出过任何要求，而忙着干活赚钱的爸妈更没有想过视力的下降会对她的成绩有影响，或许，他们根本就不在乎她成绩的好坏，反正，在农村，大部分孩子初中毕业就要去打工的。

毫无意外，何胜男中考发挥极差，甚至在她还没中考的时候，家里已经开始为她出去打工做准备，各种托关系帮忙，不论工种，能赚钱就好。

刚刚满十六岁的何胜男，因为年龄的关系，最初的两年只能在亲戚的店里帮帮忙，后来的几年，她零零碎碎干过很多工作，身上却没有攒下一分钱，每次发了工资，大头全寄回了家，留下一些零头给自己当生活费。

因为从小就不是娇生惯养的孩子，何胜男在工作上非常努力，时间久了，自然也干出了一些成绩。可是，后来即使一个月有了五千以上的工资，她在逛街买衣服的时候，看到一百以上的衣服都会吓一跳，从不舍得下手买。

因为基本上所有的工资都寄回了家里，家里的条件也显然要好多了，家里买了新房，买了小轿车，何胜男爸妈见到乡里乡亲的就要夸女儿一番，很自豪。

那段时间算是何胜男最顺心的，工作满意，家庭也和谐，但这一切，从何胜男喜欢上一个叫李诺的男人为止。

李诺外貌一般，胜在性格开朗，从小个性卑怯的何胜男最开始被他爽朗的性格，坦率的为人所吸引，虽然家庭条件各方面一般，但是胜在他工作勤恳，不抽烟不喝酒，除了偶尔玩下游戏基本没有任何不良嗜好，最重要的是，他对何胜男算得上是细心体贴，从他的身上，何胜男第一次体会到被宠爱的感觉。

两人的感情水到渠成，很快李诺就向何胜男求婚了，然而却遭到了何胜男爸妈的强烈反对。反对的原因有两个，第一是距离太远。

第二是李诺家庭条件太一般。

何胜男的哥哥不太听话，而她比她哥哥更有出息，所以何胜男父母对她抱有很大的期望，甚至有过让她留在他们身边，让儿子去别人家当上门女婿的想法，这下子，她突然决定结婚，而且还嫁那么远，何胜男的父母认为，女儿嫁远了，就等于没了这个女儿，这几年来在女儿身上寄予了太多的厚望，他们没法接受突然之间落空。

况且，李诺家里还没钱，有钱的话，也就算了，没钱，她嫁过去干什么？全家人都想不通。

尽管何胜男再三表示，不管嫁多远，她一定会孝顺他们，没钱他们可以赚，李诺非常上进，以后不会差，可无论她怎么说，家里的人没人听得进去。

家里的坚决反对也让何胜男动摇过，有一次她向他提出分手，李诺比她想象中要冷静，只问她如果她想好了的话，他同意分手。

何胜男间他答应得那么爽快，还一度很伤心地以为，他其实早就想分手了，只是迫于没有理由。这下她提出来了，他自然就顺水推舟。

接下来的两个月，李诺都没有联系过何胜男，在她对这段感情简直快要彻底心灰意冷的时候，她在一次工作中，从阶梯上摔下去，摔伤了腿，要在家里休养一段时间。身在异乡，家人不在身边，朋友都各自有工作，根本没人来照顾她，行动不便的她简直身心疲惫，很绝望。

这个时候，李诺出现了。

他什么话也没说，进屋就帮她收拾屋子，煮饭打扫卫生，照顾她生活起居，他还请了一个星期的假，正式在出租房里照看她，一个星期后，她的行动稍微方便了一些的时候，他才回到公司继续上班，只是在上班的同时，他依然会早晚都来照顾她。

在这段时间里，他们谁也没有提过"分手"这回事，就像以前还是男女朋友一样默契，不需要言语的感激，一切理所当然。

毫无意外，在同一个屋檐下生活了一个多月之后，他们又复合了，没过多久，她就意外怀孕了。

男方那边开始紧锣密鼓地准备婚事，女方家人这边却依然不同意。无论她跟李诺怎么跟她家里沟通，何胜男一家就是不松口。

最终，在何胜男的婚礼上，没有一个娘家人参加。

因为这场婚姻，她跟家里人的关系生出了前所未有的裂缝，她眨眼之间，从见人都要夸一番的乖乖女，变成了不听话没用的女儿，后来她生孩子的时候，娘家人也没有一个人去看看她。

接着在月子里，发生了一件让何胜男哑巴吃黄连有苦说不出的事情。

因为哥哥要结婚，家里到处筹钱，自然不会落下她，家里问她要一笔不小的数目。

这些年她所有的钱都给了家里，基本没有存款，手里唯一的几万块钱还是结婚的时候李诺给的，而家里提出的数目，几乎让她一分钱存款都留不住。

后来在她哭诉下，家里人同意让她少给一点，于是，出月子的第一件事情，她就去给家里打钱。

这只是开始，接下来，哥哥结婚有孩子，娘家对她提出各种琐碎的要求，她都会尽量满足，即使家里不要求，她也尽量做一些事情去弥补家人，尽管她已经这般努力想去讨好家里的每一个人，但家人对她的态度还是没有转换，总是拿她嫁人之事说她不孝。

很长一段时间，何胜男心灰意冷，跟得了抑郁症一样。

那么，造成这种局面，真的是何胜男做错了吗？

有句古话叫百善孝为先，孝字当先，这无可非议，可是尽孝的方法也分很多种，其中有理智尽孝跟愚孝之分。

很显然，何胜男便属于愚孝。

这跟在她小时候接受的教育跟环境所影响塑造成的性格有关，从小到大，在父母给她灌输的压力之下，她从不敢跟父母说一个"不"字，更不敢跟父母提出任何的要求，这种性格与其说是愚孝，其实还是因为她骨子里根深蒂固的怯弱所致。

虽说养育之恩大于天，作为子女，我们有义务给老人提供物质上的满足跟心理上的关怀，当然，这也要在我们的能力范围之内。

如今早已过了"父母之命，媒妁之言"的时代，随着时代的发展，女孩子接受的教育越来越高，信息量也越来越大，懂得适合自己的生活，追求自己想要的东西。

当一切想法被扼杀，你必然没法获取属于你的幸福。

何胜男一直觉得，是因为自己嫁远了，自己理亏，所以家人对她冷漠都是理所当然的。她理亏在先，所以即使家里对她再冷漠，她也不能对家里不好，她更加认为，只要她不断顺从家里的意思，不断满足家里的要求，家人就会原谅她，就会渐渐对她好。

可是，她并没有意识到，她这样一味地讨好会有多么可怕。

从小的时候开始，为了讨父母的开心，她总是扮演懂事的小孩，将自己的"需求"隐藏起来，仿佛她就是为了让大人顺心而生的小孩。

她的这种习惯伴随了她整个成长过程，造就了她卑怯软弱一味讨好的性格，而大人也适应了她这种性格，觉得她天生就是个乖小孩。

长大之后，她工作得来的大部分工资交给了家里，帮忙改善了家里的经济条件，家人便越发觉得她是个乖女儿，越发依赖她，只要有她在，以后的生活都不用愁了，走出去都要夸赞一番，恨不得人人知道他们有个好女儿。

大家都知道，一个众人眼里的好人突然间干了一件坏事，绝对要比一个坏人做了一件坏事的冲击力来得更大！

然而当有一天，这个"好女儿"突然间不顺心如意了，何胜男家人如同晴天霹雳，自然百般抗拒严厉反对，在事实已成定局，完全无法操控的时候，这个"好女儿"的人设一下子就破碎了，他们不是忘了曾经何胜男的好，是从前的"好"跟现在的"坏"对比太强烈，他们没法接受。

在家人铺天盖地的谴责之下，何胜男也觉得是自己做错了，所以即使家人在她最重要的结婚跟生孩子的时候都没有出现，她也还是带着自责去满足家人的一切要求。

然而，每个人都是独立的个体，在这个丰富又现实的社会中，一个女人要站稳脚步十分不易，如果在还没有完全站稳之前，便要迁就这迁就那，你将永远站不稳，会越走越坎坷。

所幸何胜男后来并没有"冥顽不灵"一直迁就下去，因为现实没有给予她去继续讨好满足家人的条件。

随着孩子的出生以及逐渐长大，何胜男的身上除了"女儿"这个身份，还多了"妻子"跟"妈妈"两个身份。

何胜男怀孕生孩子的那段时间并没有工作，家里开支完全来源于老公，虽然老公将工资卡交给她保管，但是他一个月的工资维持一个家的生活都很捉襟见肘，根本没有多余的经济条件让她去满足跟讨好娘家人。

在极其困窘的情况下，何胜男渐渐尝试着拒绝家人对她提出的要求，家人言辞不中听的时候，她也会拿自身的情况去反驳，虽然情况并没有一下子就改善，但渐渐地，何胜男发现，家里对她的态度渐渐转变，当她不再逞强，在家人提出过分要求时，她将自己的难处都说出来后，母亲的态度很明显就转变了，甚至在得知他们确实缺一辆车的时候，还主动拿了一万资助她。

当然，生活在继续，家家有本难念的经，问题不可能就此终止，但对于这种现状，何胜男也是满足的，因为她也悟出了一个道理，当你不知道爱自己的时候，别人自然也不知道你也需要被爱。一味地讨好，也绝对不是解决办法的良策。

俗话说虎毒不食子，虽然说父母家人绝对不会直接伤害我们，然而，每个人的眼界不同，那些错误的、违反道德法律的，不断伤害自身的要求，我们坚决要说"NO"！

有时候你认为如同疑难杂症的问题，也许是因为你的软弱所惯出来的毛病，孝敬不是讨好，乖巧不是顺从，符合情理的拒绝那也不是错误。

外表再坚强彪悍的女人，内心一定有柔软的一面，女人的心思往往比男人要细腻敏感得多，在遇到问题，尤其是跟家人有关的难题时，女人永远都做不到像男人那般大而化之，所以常常被心事所扰。

心情一旦被乌云遮蔽，再貌美的女人，也像是午后被晒蔫了的花朵，没有任何的活力跟精彩，然后糟糕的状况还会一直恶性循环。

其实，归根究底不过是自己为难自己。

每个女人都是独立的个体，除了我们自己之外，没人能够为我们的人生负责。作为自己的负责人，我们无须刻意去讨好这个世界，也不必为难自己。

维护好自己最高的资本

我们的生活中，除了有像何胜男这种从小习惯去讨好别人却苦了自己的女人，也还有另外一种同样陷入类似"困境"的女人。

接下来我要讲的故事的女主人是我朋友的妹妹棠棠。

棠棠是个非常漂亮的姑娘，只是因为从小寄养在外婆家的关系，父母也没怎么管她，导致她成绩也不好，高中没读完就辍学了。

长得漂亮又年轻的小姑娘进入社会，自然不缺追求者，不到二十岁，她就已经有过两段恋情，只是桃花虽多，但每段感情都不太顺利，每每付出真心，却没有一个好的结果。

所幸在经历多次感情失败之后，棠棠最终找到了"真爱"，只是男方比她小两岁。

对于棠棠的这段感情，她的父母本来是不同意的，毕竟女人比男人大对于女人来说，其实是一件很吃亏的事情，父母不希望她以后后悔，更何况两人还是异地，他们怕棠棠以后身在异乡受委屈，可是棠棠坚持要跟他在一起，棠棠父母也就没再坚持反对。

两人确定在一起之后，棠棠便住进了她老公家里，跟老公一家人同住，两家人开始商谈结婚之事，两人先举办了婚礼，打算过段时间再拿证。

其实结婚最初，棠棠及家人就发现了一些不好的端倪，除了订婚的时候给了一万零一千元之后，后面的程序一概省略了，当然，棠棠父母也不是不通情达理之人，想着是两边的风俗大概不一样，也就没有多做计较。

只是让棠棠娘家有些没法接受的，是男方在定结婚的日期时，居然没有跟他们商量，直接就把日期告诉了他们，就像发通知一样。

接下来结婚的那天，棠棠的家人大老远赶到男方老家参加婚礼，本身人生地不熟的，略微尴尬，然而，从头到尾，男方的父母家人压根就没有招待过他们，只顾着招呼男方那边的众亲戚去了。这场婚礼举办得让棠棠家人很不愉快。

结婚有一段时间了，棠棠老公却再也没有提起领证的事情，棠棠心里惦念着这事，跟老公提过几次。谁知道公婆在吃饭的时候，就对她说，按照他们当地计生办的规定，要拿证必定定期做身体检查，要么就是生了孩子后再拿证。

棠棠怎么会不明白他们家里的意思，他们家知道她身体不好，长期吃药调理，他们从恋爱到结婚后这么久，她都没有怀上孩子，还不是担心她怀不上。对于公婆这态度，她心寒不已，她那会儿还跟老公处于新婚蜜恋期，再怎样，她都没有想过跟老公分开，而且，她觉得这是她公婆的态度，不是她老公的态度，所以拿证的事情她就没有再提。

后来的一年时间里，她悉心调养自己的身体，做各种检查，最后终于如愿以偿地怀上了宝宝。

怀孕期间，棠棠大着肚子给公婆一家买饭做菜。外婆去世，棠棠是外婆养大的，对外婆的感情非常深，但按照当地的风俗，孕妇是不能参加葬礼的，棠棠让老公去，当时就得到公婆的反对，公婆觉得太远，要请那么久的假，对工作也有影响，虽然最终棠棠的老公还是去了，但去了不到一天，公公就摔到了腿，轻微骨折，当天就打电话把儿子喊回来了。

没过多久，棠棠做剖宫产手术生了个女儿，棠棠的姐姐辞去工作照顾她坐月子。满月后，棠棠想到给孩子上户口，但是他们证还没领，棠棠又提过两次，然而，公婆却一直用"不着急"来打发她。

棠棠再笨也终于明白，公婆是想她生了儿子再拿证，棠棠心灰意冷，她不再提拿证的事情，对老公也不再抱任何的期望，抱着宝宝回了娘家，因为本身没有拿证，也不存在离婚。

到现在，宝宝半岁了，依然没能上户口。

朋友跟我分析说，她妹妹走到今天这一步，虽然绝对跟她奇葩的公婆有关，但归根究底，其实都是棠棠自己造成的。

最开始订婚的时候，公婆一家的态度其实已经明显很敷衍了，不管风俗如何，但态度问题是跟风俗无关的。

换句话老土点的话说，也就是说男方一家"瞧不瞧得她，看不看重她"的问题。

最开始，棠棠事实上是意识到了这个问题的，父母包括姐姐也因此反对，可是她依然坚持，并且一直以地方风俗差异来作为借口，说服家人，骗过自己。

处于热恋期的棠棠心里信任老公，相信他们之间的爱情，不在意这些所谓的"俗礼"。

后来的拿证事件，公婆想看她能不能生孩子，生完孩子才拿证，这点她也忍了，因为她当时觉得，这是公婆的意思，不是老公的意思，她跟老公之间的感情是没有问题的，等她生了孩子，公婆自然就会对她好。

直到最后的最后，她才看清公婆的真面目，自始至终，哪怕她给他们生了孙子，他们也依旧没有把她当成一家人。

但所有的问题都出在她公婆的身上吗？那也绝对不能这么说，整个过程中，棠棠完全忽略了她老公在这个家庭中的重要枢纽关系。

一个男人，但凡有担当一些，就不会让事情发展到这种地步。

棠棠一直觉得她跟老公的感情没有问题，但其实，最大的问题，其实就是她的老公。

一个男人如果真的爱一个女人，不会让自己的女人这般忍气吞声，最重要的是，他连结婚证这层最基本的婚姻保障都没法给予她，更不要说，后面他们生了孩子，给自己的孩子上户口的事情了。

男人该负的责任，他一样都没有做到。

是的，问题从最开始就有，棠棠没有去正视，一次次放下自己的尊严，选择逃避去忍耐，同时还抱有期望，觉得一切都会好起来的。

我们每个人都会遇到这样那样的问题，但要想解决必然要找到问题的根本，而不是陷入问题中，越陷越深。

女人一生最重要的筹码，不是漂亮的美貌，不是强大的家庭背景，甚至跟文凭也没多大关系，女人最重要的筹码是自重与尊严，这是女人一生最高最不能侵犯的资本。

一个一开始将自己置身于高位的女人，不小看别人，不轻视自己，别人自然也不敢低看你。

棠棠一开始以为自己忍辱负重是在成全大家，殊不知，只是让男方家人看到她甘愿自贬身价，试想，当她自己都不珍视她自己了，让别人如何把她当成宝？

一个女人一旦被一个家庭所轻视，想再拾回自己的骨气与尊严，绝非易事。

更重要的是，棠棠也并未想过去如何通过自己的努力提升自己的身价，只是一味地忍耐，越吃亏越去期待别人会对她有所改善，得到的结果却是一次次刷新自己的底线。

在这里，我要说说另一个同学的故事。

同学阿文家里有好几个兄弟姐妹，她排行老二，一直以来，阿文都觉得家里兄弟姐妹多，是一件好事，别人家里冷冷清清的时候，她们家里永远都热热闹闹的，几个兄弟的感情都非常好，一家人生活条件虽然不好，但挺幸福的。

在恋爱五年后的某一天，因为一件特别开心的事情，两人一时兴起，在没有通知双方家人的情况下，就去把证给领了。

因为双方父母对于他们的交往早就知情，也没有反对的表现，两人自然认为结婚领证也是理所当然的事情。

领证后，他们的生活也没有发生太大的变化，还是跟以前一样同居，然后各自上班忙碌。

但是因为之前两人并未办婚礼，拿了证之后，两边家人觉得不办婚礼到底都有些名不正言不顺的样子，双双提议要办婚礼。

既然要办婚礼，自然就要走各种当地的风俗流程。

阿文之前跟老公的家人并不没接触，只知道老公的父母平时挺通情达理的，但是在商议彩礼的时候，发生了一件让阿文难以置信的事情。

公婆在商谈彩礼的时候，也没有避讳着阿文，阿文老公把他打算拿的数目说给了公婆听，公婆听后立即让他砍掉一半，原因是，少拿点彩礼，剩下的钱以后还是他们小两口的，况且，他们家兄弟姐妹这么多，这些年阿文工作赚钱也为家里付出了不少。

什么叫少拿点彩礼，以后给他们小两口留着，难道她父母会贪了这份彩礼不成？按照他们当地的风俗，嫁妆是绝对不可能低于彩礼的，他们太以小人之心度君子之腹了。

另外，她们家兄弟姐妹的确多，她这些年赚钱养家也为家里付出不少，可这跟彩礼有什么关系？

难道他们以为她爸妈会把彩礼分给她的兄弟姐妹？

因为此事，阿文当即拒绝办这个婚礼。

阿文老公觉得她太过小题大做，公婆虽然说话难听，但都是为了他们小两口好，况且，他们现在证都拿了，生米煮成了熟饭，拿不拿彩礼其实都一样，他家同意拿点也是给面子的。

原来阿文只是拒绝办婚礼，但听了老公这番话，她毅然决定离婚。

周围的朋友都劝她不要冲动，这只不过是一件小事情，不管跟谁结婚，多少都会碰到这样那样的问题，她跟她老公这么多年的感情，就因为这件事情而破裂，未免太可惜了。

尽管朋友再三劝说，阿文决定离婚的心并没有动摇。

她认为这并不是一件小事，公婆这么理所当然地说出了那些话，心里的观念必然是根深蒂固的，并不是一朝一夕就能改的，说不定还会变本加利，各种防着她的娘家。

两个人的结合如果不能让两家人坦然相待，各种提防算计，那绝对是一件非常可怕的事情。

她以前没有跟他爸妈一起生活，所以对此不了解，以为交往那么久，结婚是理所当然的事情，并没有机会考虑他的家庭问题，这会儿知道了其中问题，她就不能忽视。

对她有伟大养育之恩的娘家，绝对不能因为她而受辱。

后来，阿文还是不顾朋友的劝阻，毅然决定离了婚。

现在阿文跟第二任老公已经结婚三年，宝宝快两岁了，婆家跟娘家很近，婆家经济不算太好，但为人勤劳朴实，两家人的感情淳朴融洽，家庭和睦，阿文也就能够专心拼搏工作，事业越发的顺风顺水，而她之前的那段感情就像是她人生中的一段小插曲，逐渐被她以及周围的人淡忘。

两个人的相处，感情固然很重要，但也需要旗鼓相当的内里，如果有一件事情，于你而言是大事情，但对对方来说却是无所谓的，那么这段感情，即使苦苦坚持也终究长久不了，毕竟每个人都有自己的道德底线。

有时候，一两句话可以透露出一个人骨子里根深蒂固的思想，看似不经意，却能引出大量让人心寒的现实。

有时候，你认为一件很小的事情，却不仅关系到你自己的尊严，也关系到你背后整个家族的荣辱。

有时候，你认为你只是暂时低头忍耐，却是完全抛开了你自己的尊严，给了他人践踏你的机会。

无论是面对一个人，还是面对一个家庭，当你一开始放下尊严去忍耐将就的时候，便已经失去了自己手中最强大的王牌，那么最后必然是失望大于期望，甚至能让你绝望。

即使你的忍耐来自信任，你觉得忍忍也就过了，多想想好处，以后会好起来的，其实这不过是自欺欺人。你的一次忍耐，只会让人得寸进尺，下一次，必然将会再次超越你的底线。

尊严与自重是女人最高的资本，它高于一切，不能有半点的含糊与将就，不论地位尊卑、财富多寡、文化高低、体貌美丑、衣着华陋、职务高低，每个女人的尊严都是神圣不可侵犯的。

当有一天，我们的尊严受到了侵犯，那绝对不是一件容忍便可以过去的事情，否则，它将影响你一辈子。

常言道，上帝给你关上一扇窗，一定会给你打开另一扇门。

这个世界上，我们离了谁都不可能活不下去，懂得维护自己的尊严，在必要的时候做出恰当反抗的女人，到哪里都会受人尊重，反之，如果你一开始选择忍耐，那你就只能忍无可忍，继续再忍了。

所以，我们一定要分辨清楚，有什么是该忍，而有什么是不能忍的，有关尊严的事情，无论大小，都不能忍，一旦你抛下自己的尊严，自己都不能自重了，你将再也不能被人高看。

一个女人该有的涵养，绝对不是放下尊严一次次刷新自己底线的忍耐，该果断时一定果断，该放手时绝不心软，尊严与自重是女人的灵魂，与灵魂共存，才能于这个浮世当中展现出最好的自己，做一个眼里有光笑容里全是坦率的女人。

放过他人，成全自己

　　无论是电视媒体，还是生活日常中，"爱情"是永恒的主题，异性相吸，因为这样那样的缘分，原本两个独立的个体走到一起，碰撞出爱情的火花。

　　处于热恋中的女人总是鲜活、娇媚、可爱的，用所有美好的字眼放在一个恋爱中的女人身上也不为过。

　　可是同样，有人恋爱，也会有人失恋，不是每一段感情都能走到最后，生活中有太多的意外或是潜在的事故发生。失恋无疑是伤心的，有的人喜欢将所有的伤心埋藏起来，若无其事地生活着，有的人恨不能让全天下都能知道她的心有多痛。

每个人都有自己处理失恋的方法，只是处理的方法不同，也会给自己带来完全不一样的命运。

两年前三八妇女节那天，出门在外的我给妈妈打了通电话，我们母女俩瞎唠嗑一阵的时候，妈妈告诉我，表妹要跟老苏家那个孩子结婚了，我听了一喜，心想，表妹这算是如愿以偿，喜欢苏杰那么多年。

结果某一天，我在刷朋友圈的时候，表妹更新了朋友圈，发了几张她跟未婚夫的结婚照，我点开一下，发现表妹的结婚对象，却并不是我以为的苏杰，而是苏杰的堂哥苏茂。

表妹比我小两岁，从小就喜欢缠着我跟我说心事，所以关于她跟苏杰、苏茂之间的事情，我多少有些了解，但对于这种结果，我是很蒙圈的。

可是人家到底都拍了结婚照，婚期也定了，我实在不好再去问表妹其中的曲折，但是有一天一次家庭聚餐之后，表妹把我拉到房间里，似乎有话想跟我说，又很难为情的样子，最后在我一番开导之下，她还是将心事全部跟我述说了出来，当然，这些心事就是她那段曲折的感情事件。

事情要从最开始说起，表妹跟苏杰是同校同学，苏杰算不上学校里校草级别的人物，但是很多女生私下里还是会经常聊起他，少女们的心思显而易见，表妹也是其中一个。

只是跟很多女生不一样的是，毕业各奔东西之后，苏杰已经是大家回忆中的人，但表妹却依然不离不弃地追着他，看着他谈了一任又一任的女朋友，她依然对他没有放弃。他有女朋友的时候，她远离他，没女朋友的时候她又忍不住去接近他。

人家说女追男隔层纱，表妹翻过了一座座大山，终于开始跟他以恋人的关系交往，但是，不到半年，他们就分手了，原因是，苏杰跟前女友还有联系，如果是普通的联系，表妹估计忍忍也就过了，可是，有一次表妹目睹苏杰跟前女友从酒店里出来，她回到两人住的出租房里哭得稀里哗啦的，一直在想着等苏杰回来，怎么跟他算这笔账，不料，等苏杰回来时，她还没有开口，苏杰已经主动跟她提出了分手。

这段感情的失败让表妹大受打击，这个时候，陪伴在表妹身边的正是苏茂，苏茂是苏杰的堂哥，在表妹跟苏杰还没有开始交往的时候，苏杰就已经认识表妹。那个时候，表妹的眼里只有苏杰，把苏茂当哥哥一样对待，也并不知道苏茂对自己的心思，跟苏杰分手后，表妹渐渐看到了苏茂对自己的好，她很感动，但心里怎么也不可能像喜欢苏杰一样去喜欢他。

跟苏茂结婚，她感动他对自己好的同时，也带了一点扭曲的报复心态，不知道苏茂在参加他哥哥跟曾经女朋友的婚礼时，会是一种什么样的表情。

那次跟表妹在房里谈话的时候，我曾试图劝过她，千万不要为了一时赌气而做出会让自己后悔的决定，不要害了自己，也不要害了无辜的苏茂。

当时表妹只是朝我无奈地笑了笑，说来不及了，她怕自己后悔，已经跟苏茂拿证了。

我无言以对。

婚后不久，我就开始陆陆续续地通过身边的亲人，得知了一些关于表妹的消息，有时候听说表妹跟苏茂吵架，苏茂两天没有回家，表妹不知道自己怀孕就意外流产了，两人又是一顿大吵，闹得亲戚们人尽皆知。

总之，显而易见，表妹的婚姻生活并不顺利。

某天晚上，表妹再一次找到我，跟我聊天，绕了半天，才说到她跟苏茂之间的事情。

在结婚之前，表妹几乎对苏茂无话不说，关于她跟苏杰之间的感情，苏茂比谁都清楚，之前失恋那会儿，他还陪她一起走了过来。

可是从结婚起，关于她之前跟苏杰的那段感情，突然间变成了他们之间最敏感的东西，有时候，在家人聚餐时，她只是无意间看了苏杰一眼，都会让苏茂的脸当时就冷下来。

有一次，因为家里的事情，她跟苏杰不得不单独待了一会儿，被苏茂看到后，两人回家又是一顿吵，后来他还离家出走了两天。

表妹心力交瘁，她原本以为苏茂是最了解她的那个人，毕竟从前是他一直在身边安慰陪伴她，可是如今，他反而成为了最不理解她的人，有事没事就爱拿她之前的这段感情对她冷嘲热讽。

这次意外流产的事情，让她萌生了离婚的想法。我没有多说，只让她自己想好再做决定。

但是在周围亲朋好友的劝说下，表妹最终也没有把婚离成，后来还生了个女儿，但是他们之间的矛盾依旧在升级，关于她之前跟苏杰的那段感情，是一道他们永远都过不去的坎。

亲朋好友们都在说表妹情路坎坷，怎么过都不顺利的样子。

其实这些也是表妹由个人造成的，出现什么样的果，必然也会有与其相对应的因，所谓物极必反，一个人太过于对某件事情执着，那肯定不是件好事情，执着容易让人走上极端。

而表妹就是一开始便走上了极端，钻进了一个牛角尖里面出不来。

无须否认，表妹肯定是爱过苏杰，也爱过苏茂的，可是，因为执着，她的感情开始渐渐变质，变质过后，又引出了一系列的化学反应。

对于苏杰，她必然有不甘心，不甘心付出，不甘心曾经花费的时间跟精力，不甘心他怀中抱着的是别人。

对于苏茂，她的感情就更加复杂了，其中必然有爱，只是太多杂质淹没了爱情本身的面貌。

承认一个你爱的人不爱你是一件非常痛苦的事情，可是，这也总比你始终相信他爱你要好，当你认为你们的感情只是欠缺缘分跟机遇时，你就走不掉，也跑不了了，深深地陷入其中，然后苦苦不放手，这才是最大的痛苦跟悲哀。

最可怕的是，感情彻底的失败之后，她在还没有走之前，就已经将这段感情寄托到了另一段感情当中，继续纠缠，然后越陷越深。

感情失败并不糟糕，真正糟糕的是自己不愿意放过自己，把自己囚禁在井底，自我放弃另外一片辽阔的天空。

每一段失败的感情自然会带来创伤，若这些创伤没有被好好处理，任它往感染的方向发展，那伤口势必会越来越严重，留下无法挽回的疤。相反，如果创伤被好好处理，或许会恢复到看不出痕迹，甚至，还会有意想不到的收获。

小珍的感情之路一直不太顺，初恋在她的劝导之下，重新去找他的前女友了，第二任男友最后谈着谈着成了她的哥们儿，第三任男友是相亲认识的，最后因为男方觉得八字不合，所以也掰了。

这几任结果虽然不太好，但小珍一直都挺淡定的，她对这些人到底也没有太深的感情，成不成，她心里自然没什么波澜，可是第四任，小珍是真真切切地投入了感情的。

那会儿，她身边几乎所有的好友都知道她喜欢上了一个人，对方长得高大帅气，做生意的，能说会道，让她着迷不已，虽然大家都觉得他们不太适合，可是她却坚持去追他。

在她的观念里，一辈子能遇到一个自己喜欢的人不容易，无论对方条件如何，无论合不合适，她总归要试一试，万一追上了呢?

后来，让人意外的是，她果然如愿以偿了，那个男人终于答应开始跟她试着交往。

甚至，那个时候男方的父亲去世，按照当地的风俗，如果家里有新人，就得在灵前拜堂，拜完堂之后的三年里，想什么时候结婚就可以什么时候结婚了。

这在古代来说，就等于是夫妻了，可是在现代来说，是完全没有法律意义的，男方不用对女方负任何责任。

可小珍完全不这么想，她觉得既然已经在灵前拜了堂，她就是他们家的儿媳了，也就一直陆陆续续地开始准备结婚事宜。

没过多久，男友突然给她打电话，跟她说他考虑再三，还是觉得他们不合适，决定分手。

小珍大受打击，向来大大咧咧的她，也第一次在朋友圈里发出了自己的一番失恋感慨，这事对于她来说就算过去了。

得知她被甩的消息，周围的亲朋好友都特别愤怒，当初说拜堂就拜堂，现在说分手就分手，他们到底把她当成什么了？现在周围的人都知道他们已经拜过堂了，以后她想再相亲都会有一定的影响。

一伙朋友商量着决定去那个男的家里讨回一个公道，顺便把之前她送他的几千块的包包、手表什么的要回来，可不能人财两空。

朋友们聚在一起士气高昂，势在必行的样子，小珍却觉得跟演电视剧似的，看着他们忍不住笑了。

看见她兀自在那里笑，朋友们都很不解，她说男女之间恋爱合则成，不合则散，多么正常的一件事情，何必把这么小的一件事，闹得跟一场经济纠纷案一样。她虽然送了他不少名贵的东西，可是他也同样回送了她，在金钱方面，她并没有吃亏。

一开始就是她追的他，原本他是对她没什么兴趣的，是因为他的家人喜欢她，他才抱着试一试的心态跟她在一起，结果试一试后，他发现还是没法跟她继续过下去，然后选择分手，这是一件多么正常的事情，而且，他们现在也没有领证，事实上，她也并没有多大损失，分就分了，总比他们结婚了勉强在一起，然后又发现还是过不下去再分手要好，这也算是不幸中的大幸。

不要完全撕破脸，给彼此留下最后一丝美好。

有人说小珍就是包子性格，但是也有人觉得她这其实是豁达，不为难他人，也不为难自己。

跟第四任分手一个月之后，小珍跟朋友一起去参加一次相亲会，相亲主角是她朋友的朋友，并非她，可是，回家之后，小珍通过朋友得知，相亲的男主角跟相亲的女主角两人都没有看中对方，而男主角却看中了她，希望能跟她进一步了解。

用现在流行的话来讲，这位相亲的男主角就是典型的"经济适用男"。

各方面条件都相当不错，主要是性格好，人又体贴，虽然外表长相一般，但是这种男人，一看就特别靠谱，是个适合过日子的。

两人聊了一段时间，很快就确定了关系，确定关系后不久，她男友就凭借自己的关系给她找了个新的工作，工作轻松，待遇也不错，关键是她还能做自己喜欢的事情，日子过得让周围的人一个个心生羡慕。

之后结婚生孩子，一切水到渠成，老公成熟体贴，什么事情都安排得妥妥当当，完全不用她操心。如今尽管生孩子好几年了，她整天还活得跟个少女似的，无忧无虑，越发漂亮。

每个人的命运与未来其实是掌控在自己手里的，如果你不放手，让自己困在一段失败的感情里，最后即使两败俱伤也不能幡然醒悟，那么上帝也救不了你。

不是说对一个人好就是真的爱他，也不是爱他就要得到他，更不是付出了就有相同的回报。你在他身上失去不一定就要从他的身上找回来，或许，从他人的身上，你还有机会得到，感情总归是不公平的，但是最后的结局一定才是最适合的。

感情这个东西，可以适当去争取，但绝对不能强求，是你的终归是你的，不是你的，你纵然挖心掏肺，也换不来你想要的。

每个女人在青春期都会对爱情怀有满满的憧憬，可以由一见钟情到白头偕老，绝对是幸运的，但一见钟情又半途分道扬镳的，也不能说是不幸，一段不完美的感情结束，或许迎向你的是另一段更加完美的感情。

你所有的伤心都来自不甘心，一旦你在一段失败的感情中不能自拔，不甘心，不愿放弃，那么最后的结果，只可能是，你过得越来越糟糕，最可怕的是，时间不能重来，而你终将没有机会去翻开下一页。

很多时候，我们过分的执着，并非来自感情本身，而是因为一种人性扭曲的缺点——得不到的总是最好的。

不愿放手，越陷越深的你，却忘了，什么才是最适合自己的。

学着断了所有念想，解开自己身上的枷锁，让自己回归真实，让自己真正地成熟起来，波折的感情，坎坷的路途，大多数人都会受伤，有人在受伤中自暴自弃、怨天尤人，有人从中学会成长。

成全别人，其实也是放过自己。

聪慧豁达的女人，不会永远停留在那个受伤的时刻止步不前，更不会把自己逼上绝路，对于每一段经历过的风景，哪怕再糟糕，也会在心底保留一丝属于它的美好，然后关上那扇门，重新走上另一条路，继续前行，只要心中仍然纯善美丽，总能在未来的路途中，遇见最美的风景。

记住，我们是优雅的小仙女

　　不管是在我们的生活中还是在网络中，"家暴"是常见的字眼，通常情况下，只要听到家暴，不管出于什么缘由，大部分人都会站在道德线上，给予男方一些指责与批判。

　　毕竟男女力量悬殊有别，男人一旦实施家暴，除了在力量上可以占得上风，其余一切都占不了理。

　　没错，家暴委实天理难容。

　　但是，有时候，我们往往会进入一个误区，认为，如果一旦在出现家暴的情况下，就一定是男人打女人，很少情况会去联想，是不是女人打了男人？

之前在微博上看到一条热搜，热搜的标题是"夫妻在去离婚途中家暴"，都要离婚了，还实施家暴，这个男人要不要这么可恶？

然而，在点进去看了之后，我才知道，我的第一直觉联想是错误的。

实施家暴的不是男人，而是女人，而且，这个女人还是当着两个孩子的面，对即将离婚的老公大打出手，把老公逼到角落里打。最后老公没办法了，只好报警。

这个新闻下面，必然引来了不少网友的留言。

A：这年头女人一样打男人，平衡了！

B：我还以为老公舍不得打她，最后都报警了，看来是真的打不过。

C：虽然从这个视频里看到的是女人的过错和强势，可是我始终认为女人再绝也不会是心狠的物种，这个男人肯定也做了让人忍无可忍的事情，否则谁愿意无缘无故闹事？而那个男人居然直接去报警了，想必也不是个什么有出息的人物，总之我们现在处于事情以外，谁也不好下定论。

D：渣男……哦，走错片场了！

E：我是女人，我也挺恶心这种泼妇骂街的，当然挨过男性家暴的女性也一样，都反感。

评论区里有调侃也有指责，但是相对的，大家对于女性家暴男性比男性家暴女性要相对少了几分疾恶如仇，只是觉得这个女人性格太泼。

因为，女人要想真的对男人造成严重的伤害，其实是不易的，只要不是暗算，或者是男方身体上有什么缺陷。

可是，家暴这件事情，就算不会对男方造成严重的伤害，或者男方隐忍不言、心宽大度不计较这些，但是，我们不得不忽视，女性实施的家暴，一样会对我们自身以及家庭造成很严重的影响，久而久之，后果亦将不堪设想。

周末同学聚会的时候，同学芊芊的状态显然异于平常，芊芊这人直爽大方，偶尔有点泼辣，就是属于那种对朋友很仗义，但是对小人也敢撕起来的那种人，平时爱说爱笑的，聚会的时候却闷闷不乐，一看便是心事重重的样子。

趁着同学们都在玩的时候，我坐在芊芊的身边，跟她聊了起来，芊芊也正是困扰不已，见我愿意倾听，她也就敞开心怀，跟我道出了让她心中所忧之事。

原来芊芊不开心是因为婚姻里出现了点问题。

芊芊结婚四年，跟老公是大学同学，两人一路走过来，感情倒是没出现过大问题，只是两个人在一起，难免有些吵吵闹闹，婚前婚后亦是如此。

但是婚前两个人在一起的时候，毕竟问题摩擦要小一些，婚后，经过各种琐事烦扰，芊芊觉得自己的脾气越来越大，比如老公在跟她吵架的时候，轻轻推了她一下，她就觉得老公是在打她，结果她就发了疯似的，冲着老公又抓又咬。

就在聚会的前一晚上，她跟她老公又打了一架。

我听完很是惊讶，赶紧往她身上瞅，问她："他打你哪儿了？"

芊芊解释道，她老公整个过程只是在防着她，没有还手，极力想控制她，结果，她身上倒是一点印子都没有，而她老公被她尖锐的指甲抓得满身伤痕。

事后，两个人又和好了，看着老公手臂上、背上全是抓痕，她也挺内疚的，所以这会儿心情不佳。

我听完后很是诧异，敢情压根不是她老公打她，而是她打她老公。

我接着又问她，她老公今天在干吗。

芊芊说，她老公都是一些皮外伤，没什么事，今天直接去上班了，他好像挺不在意的，她让他穿一件长袖，遮一下手臂上的抓痕，他也没有穿，说天太热了，穿长袖别人才会觉得奇怪。

我能想象，这大夏天的，芊芊老公穿着短袖，手臂上一道道红红的指甲印特别明显，别人看见，多半都能猜出来肯定是夫妻俩打架造成的。

芊芊既然想让她老公穿一件长袖，必然也是不希望别人看到她老公手臂上被她留下的抓痕，我问她："你们这种情况发生过几次了？"

"两三次吧。"

结婚四年，两三次还不算太恶劣。

我想了想，对她说道："芊芊，其实你这人怎么样，我们作为同学是非常了解的，你是个好女人，对朋友非常仗义，你也非常爱你老公，可就是性子直，脾气又急，有时候控制不住自己，所以才会失去理智，对你老公又抓又咬，对不对？"

芊芊点头。

我接着说："可是别人不了解你，不知道你是一个怎样的人，但别人会通过一些外在的因素来了解你，比如你老公身上的抓痕，他们可能都没有见过你，但是他们就会认为你是一个相当泼辣心狠的女人，你的形象在他们眼里就会很差，以后不管你跟你老公出现什么样的矛盾，说句不好听的，哪怕是你老公出轨了，他们都会认为是你的错。"

芊芊听完很是沮丧，看得出来她很自责后悔，她说："当时我整个人就是昏了头的，哪想得到那么多。"

我便说："那下次你再想跟你老公动手的时候，你一定要好好想清楚，在心里多跟自己说，比如如果真正跟你老公动手，你肯定是打不赢他的，他没有动手打你，肯定是心里舍不得，一个舍不得打你的老公，你又真的舍得去抓他咬他吗？还有，不管出现了什么问题，动手打架是解决不了任何问题的，而且，一旦你真的动手了，你就是错的那一方，不管男女，家暴就是不对的。"

我记得当时我说完之后，芊芊沉默着思考了很久，然后默默地点了点头。

其实我并不知道她有没有听进去，过了几个月，这件事我差不多都忘了的时候，突然有一天，芊芊在微信上跟我说，昨天她跟她老公又吵起来了，她差点又控制不住跟她老公打起来，可是她临时忍住了，她在心里不断地对自己说，她是优雅的小仙女，小仙女是不打老公的。

我听完后大笑，然后回了她一句：是的，记住，我们都是优雅的小仙女。

随着时代的进步，生活中女人的地位一天比一天高，现在都讲究对女友对老婆"打不还手，骂不还口"，以此证明对对方足够宠爱。

我们身边也总会有这样的女人，有意无意在我们面前炫耀，她老公是如何如何对她好，不管她怎么打他，他从来不会还手。

小打小闹，打情骂俏在年轻男女之间很常见，男人不还手也是正常的，毕竟这样感情才会更加和谐，大多数男人，这点气度跟忍让还是有的。

但是我曾经也亲耳听一个朋友说过，她老公没看住孩子，让孩子从床上摔下来了，她当时气得连扇了老公七个耳光，手都麻了。

我当时听完后很震惊，人都会有做错事情的时候，孩子有些磕绊也很正常，可是，一个男人能够容忍自己老婆连扇自己七个耳光而没有还手，绝对不是窝囊，而是足够爱她，不愿让他们两个人之间的关系更加恶劣，或者说他有足够的风度，不去计较她的一次任性。

可是，人是不禁惯的，当她习惯用"打"来发泄自己心中的情绪之后，有一次就会有两次，有两次就会有三次，男人不还手，不代表一辈子都不会还手，当他有一天，忍不下去，不想再忍了，还手了，下手还不轻，最后就会两败俱伤。

这算谁的错？

通常情况下，打情骂俏是很正常的一件事情，但打情骂俏这事也需要把握好一个度，不然，一个弄不好就很有可能真的恼，这样的例子也比比皆是。

在打人这事上，只要真的动了手，便令人发指，无论男女都一样。

男人在施暴之后，总会引来他人的指责跟批判，那么同样，女人在施暴之后，也会给人带来极差的印象。

你曾经所付出的一切，都会因为一次施暴而被掩盖，大家或许很容易忘记你曾经点点滴滴的好，但是你曾经的施暴行为，却一定会根深蒂固地留在别人心中。

不要以打老公而他不还手为荣，这没什么值得炫耀的，只会显现出其个人的习惯与教养问题。

所谓己所不欲勿施于人。任何时候，我们坚决不能容忍被人打的行为，同样也都要绝对禁止去打人的行为。

不要让自己成为一个泼妇，不管发生了什么事情，首先要做的不是如何去发泄自己的情绪，而是如何控制好自己的情绪，让自己冷静理智下来，保持最从容优雅的姿态，用最恰当的沟通方式去有效地解决问题，而不是在问题上火上烧油，让其原生问题衍生出更多其他问题。

你再努力，也比不过他几句话

有一天，晴子一大早就跑过来怒气冲冲地对我说："千挑万选嫁给了这么一个男人，我真是瞎眼了我！"

我很是诧异，晴子怎么会这么大的火气？

跟她聊了会儿才知道，原来跟她婚姻家庭关系有关。

这事还要从头说起，晴子嫁给她老公的时候，我们其实都是知道的。晴子那会儿跟我们说起过她决定嫁给她老公的原因，她去过他家几次，发现他们一家人非常好，他动不动就会跟他爸爸妈妈拥抱，父母与子女之间好像没什么嫌隙，特别有一家人的感觉。

她一直希望她未来的家庭也是和谐美满的，于是她选择了嫁给她的老公，但没想到被打脸了，因为母子关系好，并不代表婆媳关系会好。

开始结婚买房的时候，说好了他们跟长辈是分开住的，后来公婆以她怀孕照顾她为由，搬了进来，虽说是照顾她，但由于公婆是四川人，长期饮食都是又麻又辣的，还极不喜欢喝汤，每天口味都相当重，晴子哪能这么吃，所以，即使公婆给做好了饭，她下班后依然要给自己开个小灶才行，有时候还要听婆婆念叨："那个谁谁家的媳妇，从怀孕起就没有忌嘴过，还不照样生了个大胖小子。"

晴子当时听着有些不舒服，跟老公提了提，老公只说了句"我妈也就随口说说，没有坏心眼"便搪塞了过去。

孕期中的晴子超过了预产期，肚子还一点动静都没有，晴子有想去剖出来的打算，婆婆知道后，立刻就皱眉反对："瓜熟蒂落，孩子该出来的时候自然就会出来，现在孩子还不出来证明还没有到时候，别净听医院那些什么预产期不预产期的。"

因为婆婆的反对，老公也没有支持她提前剖宫的想法，晴子只好一直忍着，预产期过了快半个月的时候，晴子的肚子终于有了动静，但是整整折腾了两天，也才破了两三指，完全达不到生的条件，医生建议剖，孩子在里面闷久了，容易缺氧，本来就疼得承受不住了的晴子在听到医生的话之后，跟老公商量剖了算了，老公还在犹豫，婆婆就一口否决："马上都要生出来了，现在还挨一刀，人受罪不说，还要多花那么多钱，算什么事？让她继续生，女人天生就会生孩子，都生到这会儿了，哪有生不出来的！"

婆婆的话让老公产生了犹豫，也打算再等等看，说不定一会就生下来了，结果也就因为多犹豫了几个小时，晴子腹中的胎儿差点因为缺氧被活活闷死，在医生的抢救下才捡回了一条命。

晴子因为这事，心里对婆婆跟老公很是不满，但碍着孩子的面子，继续将就着过了下去。

但是接下来关于养孩子这事，致使家庭矛盾再次爆发。

晴子婆婆是一个极其不"讲究"的人，几个月的婴孩的衣服混在大人一身臭汗味的衣服里一起洗，用过的尿不湿晒了晒就又重新拿去用。

这些问题，晴子都跟老公讨论过，她是媳妇，不便多说什么，让他这个做儿子的去跟他母亲说一说，但是老公秉着孝道精神，站在道德的制高点对她说："我妈从小把我养大，我这个做儿子的，有什么资格去跟我妈说呢？再说了，长辈能帮我们带孩子就不错了，咱们就不要挑三拣四了。"

晴子当时真是说不出的憋屈，但是她都忍了，不忍也没办法，她说什么婆婆也都听不进去。

后来又有一次，晴子跟老公中午临时回家吃饭，回到家的时候，正好看到婆婆在喂孩子吃鱼，只见婆婆把鱼夹到自己嘴里嚼了几下，然后吐出来，再喂到了孩子的口中。

晴子当场就制止了婆婆的这种行为："妈，您不能这样喂小孩子！这样很不卫生，小孩子容易得病的！"

她的话似乎让婆婆觉得有损面子，婆婆板着脸道："我又没有病，怎么不卫生了！"

"每个人口腔里都是有细菌的，小孩子抵抗力弱，承受不住，自然会得病。"

晴子虽然是在就事论事，但婆婆听完一下就怒了，口无遮拦地说道："我管你细不细菌的，我自己儿子从小就这么喂大的，他现在身体不也好好的！就你毛病多！也没见你家有多干净，你爸还在大庭广众之下抠脚丫，就你这种家庭出来的还来跟我讲卫生，真是好笑！"

婆婆这一番话说完，晴子是彻底地怒了，她就开始跟婆婆争论了起来，婆媳俩不仅争得脸红脖子粗，婆婆甚至还扇了晴子一巴掌，从小晴子的爸妈都没舍得打过她，这一巴掌把她打蒙了，晴子终止了吵架，当即直接抱着孩子回娘家了，稍稍冷静之后，她就来微信上跟我吐槽。

吐槽完之后，晴子很气馁，对我说："我怎么就挑了这么家人嫁了。"

我说："问题不是他们一家人，而是你老公。"

"我那个极品婆婆还没有问题？"

"其实不管女人嫁到了哪种家庭，因为各自的生活习惯问题，婆媳关系引起的家庭矛盾是避免不了的，但是，有些人的家庭矛盾就能很顺利地化解，但有些人的家庭矛盾却愈演愈烈，这跟男人处理调和矛盾的方法有绝对的关系。"

晴子立刻回道："我很赞同你的话！说实话我跟我婆婆如今积

怨颇深，不得不说，我老公也是有大半'功劳'的，没有他，我们婆媳间也不会走到今天这种地步。"

因为对老公的失望，晴子有了离婚的打算，但是在姐妹们的劝说，还有她老公的苦苦哀求下，再加上她自己也认为离婚不是那么容易的，晴子决定再给老公一次机会，但是在和好之前，她跟老公约法三章。

第一，婆媳分开住，孩子不归婆婆带，她跟她妈负责带孩子，她妈在很多时候，愿意去听她的意见，母女之间没那么容易产生隔阂。

第二，以后在家庭中出现了任何问题需要沟通的，谁的妈就由谁去沟通，就事论事，不逃避不推脱，不以愚孝为由去纵容事态恶性发展。

第三，最关键的是，在婆媳出现矛盾的时候，他必须出面去调和，绝对不能当孬种袖手旁观！

以上问题，但凡再出现一次，就即刻离婚。

晴子态度非常强硬，她老公也一一答应了下来，晴子最后又加了一句。

"请你以后不要再跟我讲'你妈养大你不容易'这句话，我再也不想听到，也请你记住，我爸妈养大我也不容易，从小到大他们都舍不得打我，他们把我嫁出来，不是要看我受委屈挨打的。"

晴子说完，她老公很愧疚地低下了头。

如今，他们又和好了，生活中还是会有这样那样的问题，但是，我之后再也没有听到晴子说离婚之类的话，我想，大概她老公还是有所改善的。至少，他应该是有所领悟的，知道自己在两个女人甚至是两个家庭中，有怎样的作用与责任存在。

家庭关系看似是很常见的一种关系，但是，它其实很复杂又微妙，男人是其中很关键的一道环节，如果他稍稍出了点问题，那么便会衍生出各种连环问题，紧接着就能导致整个关系网全盘崩塌。

当婆媳关系一旦发生问题，而男人却没有任何作为的时候，那么男人就是悲剧的酿造者，老人跟年轻人之间本来就会有各种各样的摩擦，如果只有女人一个人在奋斗，男人全程观望，那么她就像是在跟整个世界对立，没有人帮扶，那一种何等的心寒与绝望。

一个女人要想在婚姻中感受到幸福与尊重，那么除了自立自强之外，男人的态度也相当重要，如果你的男人不把你当回事，你工作再出色，家务再能干，在别人眼里你总是不足的，如果你的男人上哪儿都捧着你，你再多的缺点，别人也绝对不敢随意轻视。

说到底，婆媳关系乃至婚姻家庭关系和不和睦，全看丈夫的所作所为。

我有个表叔，据说当年跟表婶结婚之前，他就有喜欢的人了，但因为那个喜欢的人嫁人了，他才迫不得已娶表婶的，因为对表婶没有感情，表婶的一举一动在表叔眼里是各种看不惯，三天两头的拌嘴吵架，生活极其不安宁。那时候，表婶的婆婆也对表婶看不顺眼，对她挑三拣四，有什么好的东西也就直接送到了大儿媳家里，从来不会考虑表婶。

因为表叔对表婶不好大家都看在眼里，大家对表婶的态度自然也好不到哪儿去，表婶里里外外都非常难做，但受旧时的思想所影响，再多的委屈，为了孩子她也只能往肚子里咽，就这样忍了数年。

可是，直到有一次表叔出轨被她捉奸在床，表婶终于忍无可忍，也心灰意冷，主动对表叔提出了离婚，表叔听见她提出离婚很诧异，但是他一直看她不顺眼，不就是冲着离婚去的？所以，他自然就同意了。

离婚后，表婶一个人带着孩子过，虽然没有了男人，但她的生活节奏依旧没有被打乱，因为从前表叔向来就不操心，家里的事情，她一个人包办，有他没他，其实没多大差别，甚至在离婚后，她没有再天天跟他吵架，脸上的笑容都多了，大家都看得出来，她过得比以前舒心多了。

而表叔即使离婚了，也没能跟那个喜欢的女人结婚，更重要的是，表叔有一次出了车祸，左腿骨折，躺在家里没有一个人来照顾，是表婶跟孩子们每天定时去照顾他的吃饭起居，直到他渐渐能自理。而那个喜欢他的女人，始终都没有出现。

经过此事，他终于悔悟，开始有了复婚的打算。

当他跟表婶提出复婚的想法时，表婶毅然决然地拒绝了他，她直言表示："离婚后我才彻底地看明白，我们两个在一起，就是相互折磨彼此，分开对我们是最好的选择。"

表婶虽然拒绝了，但是表叔并没有放弃，甚至还死皮赖脸地缠着表婶，之前两人离婚是分开住的，这会儿表叔也不打算分开住了，直接又搬回了家，像以前没有离婚的时候一样，又住在了同一个屋檐下。

表婶是有些反感的，但是家里毕竟还有孩子，她也不好当着孩子的面把孩子的爸爸赶走，就让他住着，只是分房睡，也不打算复婚。

都到了这个地步了，周围的邻居亲友就在表叔的怂恿下，纷纷来劝说表婶，说了大量所谓"浪子回头金不换""看在孩子分儿上就原谅他吧"之类的话。

后来表婶拗不过大家的劝说，看在孩子的分儿上也确实心软了，所以，她又答应了复婚。

复婚之后，表叔确实也转性了，不再对表婶指手画脚，很尊重她。

但是因为之前表婶的婆婆跟妯娌们都对她欺负惯了，表婶跟表叔复婚后，态度也没有改变，该欺负照样欺负。这会儿表叔对表婶的关注多了，也就发现了这种现象的存在，于是，他找了个时间，搬了张椅子在他母亲以及大嫂的面前坐下，认真地跟她们好好谈了谈。

说是谈，其实就是向她们表态，他当时是这样说的："妈、嫂子，以前我阿根（表叔）就是个浑球儿，委屈了阿香（表婶）这么多年。如今我下定了决心，以后一定会好好待阿香，我绝对不会再让她受一点点的委屈，谁要想让她受委屈，别说其他人，就我自己让她受委屈了，我都不会轻易饶过自己，以后，还请妈跟嫂子多多担待！"

这番话说完后，据说当时表婶的婆婆和嫂子都面面相觑，半晌都没说出话来。

还别说，从此之后，表婶的婆婆跟妯娌都没有再肆无忌惮地去对待表婶，碍着表叔的"警告"，她们言语跟行为间带着几分谨慎，表婶是个心地善良的人，别人不再欺负她，她也会更好地对待别人，一来一往，渐渐地，她们之间的关系也就越和睦。

而她们的这份和睦，自然跟表叔脱不了关系。

在外人看来，表叔未必是个好人，说他浑球儿也好，浪子也罢，所幸他最后醒悟了，没有再视宝为草，从而赢得家庭的和谐，也让妻子得到了他人的尊重。

可见一个男人在婚姻家庭关系中，起了多大的作用。

然而，有些人或许会说，大家都知道男人在家庭关系中很重要，但是，有些男人就是榆木脑子，总是没有好调节好两边的关系，导致婆媳跟家庭关系越发的恶劣。

事实上，调和关系无关智商，也没有那么多乱七八糟的理由，关键的重点在于，只要他足够地爱我们，一切都能迎刃而解。

我们经常说，嫁人一定要长辈对我们好的，这点是没错，但是不要忘了，长辈的好往往没有枕边人的好来得可靠。

枕边人的好可以换来长辈们的好，长辈们的好，未必能换来枕边人的爱。

一个内心真正爱我们的人，是不会忍心看我们受委屈的，一个不爱我们的人，即使是妻子，我们的痛我们的委屈他一样能够选择无视。

在婚姻家庭关系当中，我们想要的东西，并不是说如何努力就能换来的，有时候，有爱就会获得一切，没有爱，我们再完美，也终究是徒劳。

亲爱的，如果你所生活的婚姻家庭关系不和谐，处处不顺心，矛盾层出，那么这跟你的老公脱不了关系，你不仅要从你自己的身上找原因，你还要找找你老公身上的原因，如果你所在的家庭环境足够和谐，婆媳矛盾每次都能很好地化解，那么你得好好地感谢你的老公，在这其中，他肯定有你所不知的付出。

在这个时代，身为女人，我们不仅要知道凡事都得努力，也要明白一个千古不变的道理，家庭关系的维系，女人的努力永远比不上男人简单的几句话。这是他该做的，能做的，因为这是他身上的责任与作用，如果他做不到，他便不配拥有那么努力的你。

练就一颗不惧流年的心

民国时期，有一位大家闺秀，家世显赫，应父母之命，媒妁之言，她在十五岁出嫁，嫁的是当时一位有名的大才子，出嫁时相当风光，一火车皮子的嫁妆搬进了夫家。

就是这样一位大家小姐，在出嫁之后尽心尽力地侍奉公婆，努力承担好一个儿媳妇、一个妻子的责任，全身心地为这个家为这个男人付出，换来的却是这个男人对她空气般的无视。

因为丈夫是一个追求浪漫的男人，他喜欢的是目光超前的新时代女性，而她只是一个恪守本分的旧时代女子。

那个时候，她对他还没有绝望，因为她有了他的孩子，或许孩子出生，他对她的态度就会有所改观，但让她没想到的是，孩子刚出生，他就潇洒地远赴异国留学去了，她这才知道，他只是满足了父母含饴弄孙的愿望，他的任务就完成了，至于她的感受，与他何干？

丈夫在国外留学两年之后，她的哥哥给她的丈夫写了一封信，要求他把她接到身边去一起生活，据她后来回忆说："我斜倚着甲板，不耐烦地等着上岸，然后看到他站在人群里，就在这时候，我的心凉了一大截。他穿着一件瘦长的黑色毛大衣，脖子上围了条白丝巾，虽然我从来没有见过他穿西装的样子，可是我晓得那是他，他的态度我一眼就看得出来，不会搞错的，因为他是那堆接船的人当中唯一露出不想让她到那儿表情的人。"

久别重逢，别人都是欢笑，唯独她和他怎么都笑不出来。

这个时候，她依然对他没有绝望，她尽力讨好着他，努力想活成他喜欢的那个样子，并且，她还怀上了他的第二个孩子。

她满心欢喜地把这个喜讯告诉他，得到的却是他冷漠且强烈的"堕胎"要求，在那个年代，堕胎技术不发达，很容易就一尸两命，她害怕，但更多的是不舍，可是，他却说："还有人因为坐火车死掉的呢，难道你看到人家不坐火车了吗？"

争吵无果，他毅然离去，留她一个孕妇在举目无亲的异国他乡手足无措。此刻，她终于幡然醒悟，最多情的男人也最无情。

纵然他有万般才华，纵然世人都道他多情，可是，他如果不爱一个人，这个人在他眼中就如同粪土一般，哪怕他们曾经同床共枕，哪怕他们还有共同的骨肉。

要走的人留不住，装睡的人叫不醒，不爱自己的人，永远都感动不了。

后来，她在绝望中，身怀六甲颠沛流离地找到她的二哥，艰难地生下了孩子，这个时候，她的丈夫找到她，让她在离婚协议上签下名字，她这会儿已经对这个男人没有任何一丝留恋，所以她毫不犹豫地签下了自己的名字。

也就在她签下名字的这一刻，她重生了。

她开始学习，开始提升自己的学识，可是，一切也并不顺遂，幼子因病去世，回国之后，她是众人眼中的弃妇，目光跟谈论难免有异，可是这时的她已经练就了一颗强大的内心。

阻碍越多，她便越奋力朝前走。

她在大学教德语，她在银行当副总，同时还出任服装公司的总经理，这使得她将自己的才华、能力完全地施展发挥出来，向世人展示了一个充满了魄力胆量与才华魅力的新时代女性。

她将自己的一生分为两段，去德国前，她凡事都怕；去德国后，她一无所惧。

是的，她就是民国著名人物张幼仪。

生活在那个年代的张幼仪，在婚姻中备受委屈，一再的付出非但得不到回报，反而身心都被践踏个遍，尽管如此，如果她的丈夫不提出离婚，就算这段婚姻有名有实，然而时代所致，她也不会主动提出离婚。

心如死灰地离婚后，面对未来，她必然是恐慌的，离婚对那个时候的女人来说就等于是弃妇，因为这个身份，她肯定会遭受众多异样的目光跟口舌。

可是，那一段最艰难的日子，她昂首挺胸地走过去了，而且，越走越精彩。

虽然她的家庭有给予她帮助，但是最终让她出来的，一定是她自己练就的那颗强大的心。

有人把婚姻当成归宿，更有人把婚姻比作爱情的坟墓，一种是依赖寄托，一种是畏惧生怯，两者都有可能，两者都不尽然。

很多在婚姻中不幸福的女人，经常会有数不尽的纠结跟烦恼，抱怨自己不幸，抱怨老公不体贴不作为，生活一直处于一种将就的状态，可是，相比眼前这种生活状态，她们往往会更害怕重新抉择，面临新的生活。

也有很多未婚的女性，工作事业小有所成，衣食无忧，自由自在，偶尔谈个恋爱调剂下生活，日子过得要多滋润有多滋润，可是谈及婚姻的时候就立刻色变，认为婚姻会夺走现在所拥有的一切，只会增添无穷的烦恼。

其实，问题的本身不在于婚姻，而在于自身，当我们一开始便产生依赖之心，那么多变化多端的未来，谁就能肯定不会给我们一次重击？当我们始终对于某种状态产生畏惧之心，那么，内心又如何去安然？

不要为了结婚而结婚，不要在婚姻上抱有全部的希望与寄托，更不要害怕婚姻的累赘麻烦，婚姻只是我们漫长一生中的一部分，一个点缀，一场成长的修行。除了婚姻之外，我们还有梦可以追，有很多事情可以做。在婚姻之前，我们必须是独立的个体，婚姻若美满，对于我们自身来说是锦上添花，若不幸，我们依旧能够跨过这个转折点，傲然绽放。

正确地看待婚姻，接纳琐碎的婚姻带给自己的好与坏，宠辱不惊。无论何时，都不要停下前进的脚步，在生活中一点点积累，有取有舍，慢慢练就一颗不惧流年的心。

平凡的幸福不是降低自己的标准

结婚到底为了什么呢?

深夜的时候,闺密阿青给我发了这样一条信息过来,我刚刚写完稿子,准备躺床上跟她聊一会儿。闺密刚结婚一年,怎么会这样问呢?一定是出现什么问题了。

我问她发生什么事情了,阿青没有直接回答我的问题,她很困惑地说:"我只是突然不知道,结婚到底是为了什么,我现在感觉很累很不开心,我很怀念结婚前的生活。"

没有结婚之前的阿青,在事业单位里工作,她家里没负担,她平时按时上下班,做下兼职,养活她自己绰绰有余。

阿青留下一小部分工资用来理财，其余的则用来养活自己，吃喝玩乐，她爱旅游，国内国外都去了不少的地方，她花钱不算大手大脚，护肤品化妆品衣服够穿够用就好，唯一奢侈一点的追求就是买口红，口红是她的最爱，那些大牌大热的口红她基本都收集起来，用专门的抽屉装着，时不时就喜欢给我们这些闺密一人送一支。

总的来说，阿青的单身生活一直过得还是不错的，自由自在，不愁钱花，每天把自己打扮得漂漂亮亮的，把工作做好就够了。

到了年龄之后，周围的同学都开始陆续结婚了，阿青也在家里七八姑八大姨安排的相亲中，认识了男友俊杰，一般就周末一起吃个饭，有长假的时候约着一起出去旅游，平时一般都各自忙着工作，两人也都有自己的朋友圈子，虽然谈了一年，其实接触也不是特别多，但家里等不及了，双方父母都开始催婚。

男方家庭条件虽然一般，但胜在是书香世家，父母都是老师，阿青爸妈觉得这样的家庭靠谱，他们不求阿青以后能够大富大贵，只求她能够平安过一辈子就行。

真正到了谈婚论嫁的时候，阿青跟俊杰的接触才频繁起来，俊杰也打算正式将阿青介绍给他的朋友，阿青也答应了，当天俊杰来接阿青，阿青像平常跟朋友聚会时一样稍稍打扮了下，然后就出门了，在楼下等阿青的俊杰在看到阿青的时候，脸色突然就变了变。

阿青比较粗神经，没有注意到俊杰的表情变化，一直到车开了一段路程，俊杰才忍不住说道："你能不能把口红擦掉？"

阿青有点不明所以，立刻拿镜子边照自己边问："怎么了，我的妆花了吗？"

从镜子里可以看到，她的妆没有任何问题，再看俊杰的表情时，阿青明白过来了，她问："你觉得我的口红颜色太艳了？"

俊杰点点头，解释说："我的朋友他们平时都比较朴素，他们看你涂那么红的口红，指不定会怀疑你的职业……"

看着神色凝重的未婚夫，当时阿青的心情有些复杂，只是那个时候她没有多想，既然他这么说了，避免闹得不开心，她当时就把口红给擦掉了。

然而，让阿青没想到的是，这仅仅只是一个开始。

定好日子准备结婚的期间，向来喜欢旅游的阿青早就开始规划蜜月旅行的行程了，当然，她也没有擅自做决定，规划的时候也去问俊杰的意见，但是俊杰对蜜月旅行显然不热衷，一会儿说天气太热不适合去旅行，一会儿说他工作上还有事情，说不定到时候都没有婚假可休。

阿青很失落，对于不能去蜜月旅行这事一直耿耿于怀，当然，她也不是一个不通情达理的人，如果俊杰工作上真的走不开，她肯定不强求，也能理解，大不了以后再安排就是了。

可是，举行完婚礼之后，俊杰的婚假并没有受工作影响，他要么整天待在家里，要么出去跟朋友玩，眼看婚假就这么一天天过完了，阿青一点新婚的感觉都没有。

因为性格的关系，阿青跟俊杰之间基本不会有什么特别大的矛盾，平时最多小吵几句，在外人看来，他们的婚姻很美满。

但是阿青越来越不开心。

每次涂口红，俊杰都会让她擦掉，看见有心动的色号，还没下手，俊杰就说："你口红那么多，擦几年都擦不完，还买做什么？"

去逛商场时，见她有喜欢的款式，他立刻就把款号记下来，拉着她出来，说是在网上给她买要便宜很多，她说网上的是高仿，是假货，他不在意，高仿就高仿，能便宜好多，反正款式都差不多。

她想去旅游，他说她去了那么多地方，有什么好玩的？哪里都不如自己的家乡好，实在不行，她就一个人去。出去的第二天，他就一个电话连一个电话地催她回去。

请朋友吃饭的时候，她订了一家高档的餐厅，结果他一声不响地把位子退了，订了一家很普通的餐馆，说是物美价廉。

最重要的是，她想跳出体制内，去外面找一份工作，趁着年轻好好打拼一下，正好也有个机会等着她，她打算辞职，俊杰却对她的这个打算极其不赞成，态度还相当强硬，他认为事业单位工作稳定，也不累，以后对生孩子也不会有太大的影响，他不求她这辈子有多大作为，稳定就够了。

对于俊杰的想法，阿青不敢苟同。

无论在哪个方面，她跟他的观念以及生活方式截然不同，以前她认为很普通的一件事情，到了他嘴里，总能说出一大堆的毛病，她所有的追求都要降一个档次，甚至她心中的抱负也不能施展。

总的概括来说，她的生活质量明显下降了，人生追求也有所限制了。

这让她很苦恼，最初的时候，她跟她妈抱怨过，她妈妈说："女孩子嫁人之后，肯定不能像以前那样大手大脚地花钱了，这是正常的，俊杰不让你换工作，也是怕你太辛苦了，人家是关心你。"

妈妈的回答让她心灰意冷，所以，她开始向周围的朋友求助，找闺密谈心。

结婚是为了什么?

结婚了就必须降低自己的标准? 降低自己的生活质量? 打着"平凡稳定"过一辈子的旗号，让她放弃自己的追求?

阿青或许还没有想明白结婚是为什么，但她心里很清楚，结婚绝对不是降低自己的一切，让自己委曲求全。

不管结婚是为了什么，好的婚姻，是能给彼此一个更好的方向，共同进步，并不是为了占有而让对方平庸，拉低另一个人的水准，硬生生让对方融入一个更低的圈子里。

阿青觉得更可怕的还在后头，一旦她现在这样降低自己将就地过下去，幸运的话，她的老公会对她感恩，所以，想着回报她以后会对她好一点，而她的幸福感也就仅仅来自老公对她的好，不幸的话，她老公很有可能就会说："你当初嫁给我就知道我家穷，当初能过，现在不能过了? 你要是爱慕虚荣，你就另外找人嫁呗!"

言下之意就是，我就这样子，你一开始就知道的，你不能有更高的追求，你跟着我吃苦也是理所应当的，你不能要求我努力进取，否则就是你变了，你变得爱慕虚荣了。

无论是幸运或是不幸，这都是阿青不想看到的结果。

第一，她不想因为降低自己，从而得到对方的怜悯，然后让对方一直感恩着，记着她的好，给她爱。然而这跟施舍没什么差别。

第二，一旦她开始屈就，无疑向对方展示了她的底线，同时也让对方看到她的底线是可以下降的，这样一来，将来对方或许不会想着如何提升她的标准，而是千方百计地想去刷新她的底线。

阿青打算离婚，遭到了阿青家人的强烈反对，但是反对无效，阿青意志坚定，这婚最终还是离了。

阿青跟我们说："如果两个人在婚姻中，观点不一，质量上的要求有所高低，看似都是些小问题，但累积起来让你去面对的时候，真的是非常可怕又痛苦的一件事情，所谓道不同，不相为谋，我只能离婚。"

感情生活空白了两年之后，阿青突然一声不响就结婚了，我们对她的这任老公几乎没什么接触，但是，从阿青的状态来看，她这次是找对人了。

自从跟新任老公结婚之后，她几乎把自己以前的爱好发挥到了极致，她爱旅游，老公经常陪她一起旅游，她喜欢口红，朋友圈三天两头地晒口红，当然，这只是她的一些兴趣爱好，最值得一提的是，她终于跳出了体制，与朋友一起开始创业，创立了一个品牌，经营得风生水起。

平时出来跟我们聚会的时候，她的穿着打扮，气质神情，每一次都能让我们眼前一亮，满满都是正能量，那大概就是最幸福的模样了吧。

生活中，难得有平衡的两个人，总会有高有低有所差异，但是，如果一个站在低处的人，不肯往上走，或者是没有达到那个标准的能力，于是非要将站在高处的那个拉下来，配合自己一起站在低处，过上所谓"平凡安稳"的生活，从此，我们不能像以前一样穿漂亮的衣服，涂各种美美的口红，想去旅游无法出行，我们所有认为能让自己幸福的标准，完全被扼杀，这样的婚姻状态下，怎么可能会健康美好？

所谓平凡的幸福并不是为了对方而牺牲，来降低自己的标准，而是两个结合在一起的人，相互鼓励相互包容，正确地指引督促，在平凡琐碎的生活中一起让彼此越来越好。

即使那个男人曾经让我们如何心动，外人评价多好，但如果他拖着不让我们前进，甚至还要强拽进那个不同阶层中逼迫我们融入，打着"平凡就是幸福"的幌子让我们对生活品质以及人生目标的追求就此打上句号，那么我们宁可站在自己的标准上做自己孤独的女王，也不必拉低自己的身段，降低自己的标准跟底线，去委曲求全成就一个越来越差的自己。

亲爱的，不要为任何人降低我们自己，没有任何人值得我们这样做，真正爱我们的人，不会舍得让我们去屈就，只有做我们自己，遵循着我们的标准，朝着我们的目标前进，脚步不停，更不后退，我们才能成就更美好的未来。

不依赖一切方能飞翔

　　小初跟叶子是同学加好友，两家人甚至还是邻居，从小两人形影不离，就像亲姐妹一样，因为两家都只有一个女儿，双方父母从小就摸着头教育她们，长大了千万不要远嫁，离父母太远，是很容易受委屈的，没了娘家当后盾，女人会很容易没有安全感。

　　在接受这种教育下长大的两个姑娘，最终叶子很让长辈们顺心如意，嫁了个本地的男孩子，而小初却固执地嫁到千里之外的外地去了。

　　两家人虽然是邻居，但小老百姓暗地里还是免不了有些攀比，两个姑娘差不多一起嫁的，很多亲朋好友问起她们的婚事时，叶子妈逢人就说："我们叶子啊，从小听话，我们说什么就是什么，不让她远嫁，她就一直记着的，不像小初那么有主见、那么勇敢，那么远说嫁就嫁了。"

这话明着听起来像是褒义，但小初妈妈本来就因为小初远嫁的事情耿耿于怀，再时不时听叶子妈这样一说，她心里真不是滋味，因此私底下在小初面前没少抱怨她为什么一定要坚持远嫁。

看着妈妈难过的样子，小初心里有些内疚，但她并不后悔，只告诉妈妈，选择远嫁，她是有经过考虑的，不是盲目被爱情冲昏了头才做出的决定，无论如何，她以后都会过得好的。

看着充满信心、坚定不移的女儿，小初妈妈一直忧虑地叹气，她觉得女儿嫁远以后受了欺负娘家也帮不了她，太远了，回娘家一趟也不容易，总之她忧心忡忡的。

结婚后不久，小初跟叶子差不多又先后怀孕，叶子刚怀孕就把工作给辞了，老公当着全家人的面说，以后叶子母子就由他养，她只要安心做他的全职太太把她跟孩子照顾好就行。叶子辞职后，就直接住回了娘家养胎，天天晒妈妈给她做的美食，日子过得很安逸。

相比之下，小初就显得"可怜"多了，小初有工作，怀孕了也要继续上班，前面七个月的时候，婆婆也有工作要做，所以不能过来照顾她，于是她不仅要上班，下班回家还要跟老公一起解决两人的伙食问题，平时虽然有请保洁公司定期打扫卫生，但洗衣服之类的小事还是得他们两人做，小初妈妈心疼女儿，但是太远了，她也抽不开身来长期照顾女儿，于是，看着在娘家养胎被照顾得妥妥帖帖的叶子，再看着怀孕还得上班什么事都只能自己做的女儿，小初妈妈更觉得小初当初的选择就是错误的。

叶子在跟小初聊天的时候，叶子问小初，她现在过得累不累？她老公看她现在又怀孕又上班，难道不心疼她吗？

言下之意，是问她有没有后悔过当初的选择。

小初知道叶子跟很多人一样，在他们的眼里，她怀着孕还要上班，身在异乡没有亲人的照顾，在这种特殊的时期，一定会倍感孤独，只是死要面子活受罪在强撑着而已。

小初实话实说，她跟她老公关于她上班的这件事跟她商量过，如果她身体吃不消，肯定是不能去上班的，但在身体吃得消的情况下，她老公也不反对她去上班，因为上班比在家里到底要生活得丰富一些，她也过得充实一些，她自己也这么觉得。

叶子完全不能理解她的这种充实感，在她看来，怀孕已经够辛苦了，还要上班，简直就是活受罪，一个女人让自己过得那么累做什么？该歇息的时候就要歇息啊！

生完孩子后没多久，小初就继续去上班了，婆婆过来帮她带孩子，她下班有空就跟婆婆一起带孩子，而叶子生完孩子后，除了自己全职带孩子，婆婆跟亲妈都跟会她一起带，就这样，她还天天跟小初说太累了，要请一个保姆，真佩服她，怎么可以做到又上班又带孩子的。

叶子笑了笑，说是被逼的。

生孩子前三年确实是辛苦的，但上了幼儿园相对来说就轻松了，而且，因为怀孕小初的工作也没有耽误，领导对她认真的工作态度很是赏识，逐渐开始重用她，她的工作也渐渐开始顺风顺水。

孩子上幼儿园之后，叶子白天的时间一下空闲了，她在家待的时间太久，想去找份工作又受不了工作的束缚，一连找几份工作都没有坚持下来，也就在这个时候，她开始察觉到老公有出轨的迹象，这让过习惯了安逸生活的叶子惊慌失措。

无论叶子如何苦苦挽留，那个说要养她一辈子、照顾她一辈子的男人，最终还是决然地跟她离婚了。

离婚后的叶子过得很糟糕，每天浑浑噩噩度日，小初想让她出来散散心，就帮她买机票，让她过来玩。两人见面后，身上的气质形成了鲜明的对比，小初典型的职业女性，自信果断，而叶子全身上下都透着浓浓的弃妇的怨味儿。

叶子来的时候，小初的老公正在出差，叶子对小初说："经常出差的男人，出轨率也是极高的，你可得当心了，多注意点。"

小初无奈地笑着回答她："如果老公真的要出轨，我就算再注意那也是拦不住的。"

叶子着急地跟她说："那总也得有个防备，不然突然有一天打你个措手不及，那就糟糕了，男人无情起来也是很可怕的。"

小初是这样回答她的："没有什么措手不及的，我嫁给他，就做好了他会离开我的准备，尽管他这个人人品过关，三观正，为人大方有责任，但是，这不能让我成为依赖上他的理由，我得独立，我得有自己的事业，这样的话，我不会失去我的人格魅力，在婚姻中我们是处于平衡的状态，我们首先是独立的个体，然后才是夫妻，哪怕他有一天突然变了，要跟我离婚，我也还是独立的个体，只是失去了这层婚姻关系而已。"

"这就是你一直逼自己要工作的原因？"

"不是逼我自己，是我老公这么对我说的，他让我去找工作，不是让我来养家，家他来养，我赚的钱我自己攒着，而我攒的不仅仅是钱，也是一份安全感。"

听完小初的话，叶子沉默了，她以为嫁个离家近的就有安全感，不用担心以后婚姻出现问题没人帮她撑腰，她以为嫁个会赚钱的男人，以后就能过上幸福的日子。

可是，嫁近了又如何？她前夫要离婚的时候，全家人出动去劝阻，她老公有动摇过不跟她离婚的决心吗？男人会赚钱养家又如何？他今天能养你，明天也能养别人。

自己赚钱才是最踏实、最重要的。

大多人认为，远嫁会让女人没有后盾庇护，没钱太累难找到幸福感，老公太差劲没前途，老公太优秀容易拈花惹草等，没错，这些确实有问题存在的风险，可是，这些问题也都是处于一个女人不能独立的前提之下，所产生的不安全感。

当一个女人不能独立的时候，所有的不安全都会降临，甚至，你所认为很安全的事情，也会变得不安全起来。

女人在不能自给自足的情况下结婚就是铤而走险，婚后即使可以依赖老公而生活无忧，每天也会过得如履薄冰，不但如此，你还得生儿育女，照顾好一个随时可能成为别人老公的男人。

小初选择远嫁必然不是因为爱情而冲昏了头脑，她首先是看中老公的人品，在人品等各方面过关之后，她选择嫁给老公。

为爱迁徙的女人基本就要做好没有后盾可依的准备，在这种情况下，她如果选择全身心依赖老公，那无疑是一种具有极大风险的做法，事实上，在现实跟理智的双重施压之下，她没有选择安逸地享受，而是继续自己的工作，丰富自己，她之所以能在婚姻中过得坦然，无所畏惧，就是因为她从一开始就没想过去依赖任何人，她心中始终清楚，她能依赖的只有自己，除了她自己之外，其他的一切得失，皆是因果关系，皆可顺其自然。

诚然，一个长期有所依赖的人，比如啃老族们，比如在男人一句"我养你"之后便赋闲在家的闲太太，这些由别人的给予所得到的一切看似来得轻松，但是，长辈会老，男人会变心，一切都是未知数，计划往往赶不上变化，当生活突然生变之时，给予我们的依赖突然断绝之时，毫无准备的我们怎会不惊慌失措、束手无策？

所以，我们要做的不仅仅是如何去靠自己改变命运，更要做到自己的命运掌控在自己的手里，不轻易因他人的改变而改变。

要想独立，要想给予自己最大的安全感，我们必然要断绝一切依赖，当然，并不是说要断绝某种关系，而是要杜绝自己习惯性地去依赖的心理。

我们才是自己人生的刻画者，谁都不可能为我们执笔，没有谁会无所求地为我们付出一辈子，把自己的未来寄托在任何人的身上，是一件对自己极不负责任的事情。

一个女人最大的个人魅力，不是有多的漂亮，而是独立，一个女人最好的安全感，不是躲在他人羽翼下受庇护，而是强大自己的翅膀，不用依赖任何一切，便能恣意飞翔。

做一个别人"养不起"的女人

前段时间，微博上突然出现了一则热搜，名为"男友力挺女友辞职后反悔"，热搜的内容大概讲的是，女主角在一家广告传媒公司上班，人际关系复杂加上爆棚的工作压力让她每天都闷闷不乐，男友力挺她辞职，说"我养你"。

女主角真的辞职之后，男友立刻就把工资卡交出来，但是很快弊端也就出现了。

女主角平时用的护肤品是两千一套的，她跟男友解释说这个牌子是她一直用的，这个钱不能省，后来不管她买鞋子包包什么的，她男友都会质问一遍，前几天，她一个人喊了一份酸菜鱼的外卖，一百多块钱，男友直呼："太奢侈了，真的养不起了！"

男友表示，她的高消费能力让他刮目相看，他五千一个月的工资根本难以支撑。

女主角表示，自己本来打算天气凉快了再去工作，现在看来得尽早回归职场才踏实。

这条热搜吸引了不少读者的留言，有大部分网友觉得不可思议，五千一个月的工资，也敢说"我养你"三个字？没那金刚钻，就别揽那瓷器活。

也有人认为，"我养你"这三个字听听也就算了，说者是情分，听者应该知道自己的本分。

虽然各种各样的议论评价都有，但大多人都是拿其男友工资低来作为嘲讽留言。

首先，我们可以站在男方的角度来想，男方在看见女友为了工作天天闷闷不乐的时候，说出了"我养你"三个字，这里面，必然包含了心疼的成分。

而且这三个字他也不是就随口说一说，等女友辞职之后，他也立刻交出了自己的工资卡，凭这一点，可见他之前说"我养你"是极有诚意的，不是嘴上说说而已。

后来发现自己低估了女友的消费能力，他又反悔了，他的反悔有现实的逼迫，也有他对女友改观所致。

然后，我们再来说说女方，最开始，女方因为工作压力大烦恼多导致整天闷闷不乐，想辞职，男友的一句"我养你"让她逃出了工作的枷锁，回归自由，然后她得到了男友的工资卡，无论是这个时候，还是在这之前，男友的工资情况，她一定是明白的，但是，她似乎没有做好心理准备，长久以为养成的消费习惯，虽然算不上奢侈，但已经超越了男方的经济提供能力。

在喜剧之王里面，星爷说要养柳飘飘，柳飘飘还给星爷织毛衣，这才是过日子的表现。

如果本人提倡女人不能对不起自己，不能苦了自己，那也请站在现实里说话，如果消费观超过了经济能力，放谁身上，都会不好过。

事实上，两个人都没有绝对的过错，但是两个人都有一定的思虑不周。

男方既然承诺了"我养你"，就要承担起这个责任，如果因为女方的消费习惯望而却步，那么他的誓言也只是一时美丽的情话，忽视了自己的经济跟承受能力，那么美丽的情话也只会像肥皂泡一样很快就会破灭，双方的关系在不堪重负的情况下会发生争吵甚至是分手。

女方即使听到男方说"我养你"三个字的时候，也只能当作情话听一听，这是对于当时心情的一种表达，但它是有时效性的，不是永久，更不具备法律性质，没有强制性必须完成，也就会有随时变卦的可能。

无论男方工资是五千还是亿万富翁，又有哪个女人能做到一辈子都拥有让男人任其挥金如土的资本？

哪怕工资只有一千，女人也要出去工作，那是尊严。女人不工作遭嫌弃，跟工作工资低遭嫌弃，那是绝对的两回事。

我在写手圈里有个好朋友暮瑶，从出道开始就一直联系着，至今刚好有十年了，最开始的时候，暮瑶在一家小公司上班，收入不高，公司里也挺乱的，而暮瑶的老公是一家外企的中层人员，养活她绰绰有余，再加上她其实也用不着完全让他养，她自己可以写小说赚钱，虽然赚得不多，但是她的零花钱是够的。

那个时候，我们认识的很多写手都处于全职状态，不管是单身的还是已婚的，都坐在家里写写字，自由自在的，当时暮瑶也挺心痒的，她也跟她老公提过，她辞职回家让她老公"养"着她，她老公当即就拒绝了她，并且表明自己的态度，他可以给她钱，但是不会养着她。

当时她还觉得她老公挺"冷血"的，毕竟她认识的那些朋友的老公，经济条件都还不如她老公呢，但是人家就愿意让自己老婆在家待着。

可是，时间一年又一年地过去，那些在家待着写写字的朋友，有些继续在写手圈里不好不坏地混着，有的混不下去，也不能完全靠老公一直养着，生活所迫，只能继续去找工作，而她呢，这些年过来，公司前景越来越好，因为是跟着公司从风里雨里一起走过来的，她渐渐走到了公司主力军位置，工作地位相当稳固，而且，这些年来因为工作的关系，她人脉也越来越广阔，即使不在现在这家公司工作，她也有的是退路可走，而且，还未必比现在差。

工作顺心如意，她空闲的时候也会兼顾着写文，不为名不为利，钱多钱少都只为图自己开心。

如今，当我们几个在一起聊到微博中这则"力挺女友辞职后反悔"的话题时，暮瑶说，她挺感谢当初她老公的"冷血"，正因为他不愿意养着她，所以，她才会有今天的位置。

男人说"我养你"这句话，当作情话听听倒也惬意，但是内心绝对不能选择就此依附，行动上也不能肆意挥霍，这对于彼此来说都不会是一件好事。

被一个人养着，等同于收敛起你所有的锋芒，凭借你之前积累的魅力值，你很轻松便能得到他人的给予，但是随着时间的推移，你的魅力值在消减，你会越来越不轻松，越来越觉得艰难，直到有一天，你身上的魅力值全部被挥霍完，当你惊觉你要重新创造你自身的魅力值时，才发现，被养着的这段时间，你以前的锋芒，已然被时间消磨得所剩无几。

到了个时候，你还会觉得男人说"我养你"这三个字动听吗？

男女之间互相喜欢的是对方的个体，而不是需要赖以生存的一件附庸品，如果想要建立长久稳固的关系，就必须让自己独立起来，谁都瞧不起吃软饭的男人，同样，一个女人花男人的钱久了，在男人的眼里，女人的魅力值自然也会越来越弱，最后成为负数感到厌恶也很正常。

没有工作完全轻松愉快的，如果实在是一件糟糕的工作，没有再继续忍下去的必要，需要重新更换，那么，男人在提出"我养你"之时，可以将辞职作为暂时的调整，但是即使在这个过渡期间，内心也要把握好分寸，尽快找到下一份工作的同时，也不要给予男人过分的负担，女人确实需要爱自己，但不是建立在剥削另一个人的身上，相互体谅包容，才是一段感情关系最稳固的法则。

所以亲爱的，我们最需要的不是一个会对我们说"我养你"的男人，而是需要一个在男人说"我养你"时，能够回答一句"你养不起我"的自己。只要有手有脚，我们就有养活自己的能力，我们不需要任何人养，因为我们的尊严跟人格不可被侵犯，我们不需要任何人养，因为我们的价值别人也养不起！

不要总想着去改变"浪子"

　　在很多的影视剧以及小说里面，我们经常可以看到这样的剧情，比如一个以前很坏的男人，在遇见有着强大主角光环的女主时，总是能化腐朽为神奇，改邪归正，最后跟女主上演一段惊天地泣鬼神的爱情故事。

　　每每看到这样的剧情，我们总是能够感动得一塌糊涂，于是，这样的剧情看多了以后，正处于青春年华的我们就会不由得憧憬，在自己的身上，会不会也可以发生这样感人的爱情，那个跟自己相爱的男人，会不会为了自己而改变。

然而，爱情之所以说到"感人"，那么这样的事情，必定不是那么容易发生、也不是常见的，所以才会让人感动，事实上，在我们的现实生活中，所谓的浪子真的愿意为了所谓的爱情而改变吗？

花梨是我的一个读者，从我写作开始，她就断断续续会跟我在私下里聊天。前几年的时候，她认识了她的第一任男友阿忠，他们是在网吧里认识的，确切地说，是她在网吧里遭遇色狼调戏的时候，他出手救了她，让她对帅气的他一见钟情。

这样的相遇就像是小说里的剧情一样，所以对于这段感情，她一直充满了少女心，很是憧憬，两个人没有谁追谁，很自然就走到了一起，只是刚在一起没多久，很多问题就出现了。

花梨出身老师家庭，虽然从小到大对她不算太严格，但还是有一定家风规定存在的，花梨十八岁之前就没进过网吧，那次去网吧，也是因为有急事，不得已才去的，刚巧就出了事然后认识了阿忠，她跟阿忠其实是两个世界的人。

那会儿花梨刚考上大学，而阿忠则是一名街头无所事事的小混混，打点零工赚点钱，除了长得很高很帅，对别人很酷对她很好之外，也没有别的什么好处了。

可是，在花梨的眼里，阿忠就是最好的，好在哪里她也说不清，但他就是满足了她对爱情的幻想。

花梨去了外地上大学，阿忠也跟着她去了那个城市，在 KTV 酒吧一条街里面找了份晚上上班的工作，具体做什么工作的，花梨也不清楚，阿忠也没有跟她多说，只是她经常看见他跟一些年轻的混混在一起抽烟喝酒，跟地痞流氓似的，她很不喜欢，他说他初来乍到不交朋友是站不住脚的。

花梨还是个学生，不懂社会上这些事情，再加上，那个时候的花梨完全陷入了爱情当中，不管阿忠做什么，条件好不好，只知道他对她好，愿意为了她从一个城市到另一个城市，只要她白天有空，他都会过来陪她，有多少钱就愿意为她花多少钱，虽然她不舍得让他花钱，他对所有人都一脸酷酷的模样，只对她露出温柔的笑脸。

可是，有一天花梨在跟同学去 KTV 唱歌，唱完跟同学出来之后，她看见马路对面有一辆红色的跑车，跑车旁，倚着一男一女，女的年纪在三十岁到四十岁之间，穿着性感，身材曼妙，极有风韵，当然，重要的不在于这个女人，而在于女人旁边的那个熟悉的身影，是阿忠。

他在抽烟，尽管他脸上没什么表情，但那个女人却在他身边有说有笑，偶尔将他手中的烟接过来自己抽两口，再送还到他的嘴边让他抽，一举一动之间，尽显亲昵暧昧。

她当时完全震惊了，站在原地一动不动，就那么远远地望着他，直到他发现了她，有些惊诧，然后跟身边的女人说了几句话之后，就匆匆地朝她跑过来。

她问那个女人是谁，他的回答是："酒吧的股东之一，我在她手底下做事，平时就聊聊天玩玩而已，我跟她之间没什么的，你相信我。"

对于阿忠的话，她存了质疑，想到了分手，再加上这个时候，花梨的父母也知道了他们谈恋爱的事情。花梨的父母不敢相信，她会交这样一个小混混一样的男朋友，她跟这种人原本应该是两个世界的。

父母强烈要求他们赶紧分手。可是阿忠坚决不跟她分手，为了取得她的信任挽回两人的感情，他选择了辞职，并且保证以后一定找份正当的工作。

花梨觉得阿忠是真心爱她的，有了这次的经历，他以后应该不会再做让她伤心的事情，他会改变的，于是瞒着父母，跟他继续交往着。

可是继续交往后，他依然还跟那帮地痞流氓混在一起，有一次还跟他们一起打架进了医院，她学校医院两边跑，照顾了他大半个月才出院，虽然他向她保证以后绝对不再跟他们来往，但是，她后面发现他跟那些狐朋狗友还在联系，她心情很复杂，开始为未来担忧。

没过多久，花梨就在他的手机上看到了一个女人发过来的短信，短信内容是："才分开没多久，我就又开始想你了，怎么办？"

这般暧昧的内容，花梨气得全身发抖，后来阿忠解释这个女的在追求他，但是他真的没跟她发生任何关系，就之前因为跟朋友一起吃饭，她也在，聊了几句，谁能想到回来她就给他发了条这样的消息，为证明自己的清白，他当下就将那人拉黑，并且向她起誓，以后一旦有女人想跟他暧昧，他立刻斩立决，不会让人有机可乘。

尽管如此，花梨情绪还是很糟糕，就来找我谈心，到底要不要分手，如果错过他，她这辈子估计就再也遇不到爱情了，他虽然有瑕疵，对她却是真的很好很好，可是如果不分手，他还是不能改变的话，她肯定受不了，事实上，关于她跟阿忠这段感情，我自然是不看好的，但是花梨年纪小，第一次爱上一个男人，全身心地付出，可他们之间差异太大，爱情其实很容易不堪一击，只是现在就算我说阿忠一千个不好，依然陷入爱情中的她也能很快就为阿忠找一千个借口来反驳我。

所以我想了想说："两个人在一起真的要过日子，不是你爱他，他对你好就够了的，很多现实的问题，你必须要考虑到，他究竟适不适合你，是不是你的良人，能不能给你一个幸福又安全的未来。"

花梨沉默。

"如果你现在还在犹豫不决，且实在不甘心分手的话，那么，你可以再给他一次机会，但是你要设定一个期限，在这个期限之内，你不能跟他走太近，算是考验期，等过了考验期之后，你再跟他在一起，接下来你要记住，不管过了多久，只要他再犯，你就绝对不能再原谅他，必须立刻跟他分手，你不能再为一个不值得的人，耽误自己的青春。"

花梨很久之后，才回了我一句："我会好好考虑的。"

说完，花梨就下线了，然后，差不多快两年的时间，我都没有她的消息，偶尔想起她，我也会去给她留个言，但都没有得到回复，直到两年之后，有一天，花梨突然上线了，上线的第一时间就找了我。

她向我讲述了这两年之间发生的所有事情。

事实上，在那次跟我聊完天之后，花梨确实想过再给阿忠一次机会，并且还给自己起誓，只要他再做出伤她心的事情，她绝对不会再原谅他，可是，世事难料，在她还在考验他的期间，她怀孕了，当时她觉得天都要塌下来，为了这事，她父母差点跟她断绝关系。

尽管前路艰辛，她还是决定将这个孩子生下来，因为阿忠说一定会对她和宝宝负责，所以她把孩子生下来。

在她的肚子一天天大起来的时候，她的手机上突然收到了一条短信，短信里只有一张图片，一个陌生女人跟阿忠的床照。

花梨当时情绪就崩溃了，因为这事，她难免跟阿忠大吵大闹，原本胎气不稳的她，也因此失去了孩子，花梨毅然选择回自己的家，跟阿忠断绝了关系，在家里调整了近一年，她才在父母的帮助下，生活重回正轨。

现在她已经渐渐恢复到正常的状态，她以后想努力做自己喜欢的事，反正父母也不需要她养老，知道她的打算之后，父母都相当欣慰，全力支持她。

她跟阿忠的那段感情虽然失败了，但是也让她彻底成熟起来，她最大的感受就是，与其费尽心力去试图改变一个浪子，让他改邪归正，不如想想如何让自己变得更好，不断地提升自己，才不辜负最美好的年华。

虽然花梨的成长付出了相当大的代价，但值得欣慰的是，她所幸及时纠正了过来，并且领悟到了什么才是她人生中最重要的。

但是，我们生活中也还是有很多人，哪怕是付出了一辈子，也没能改变一个"浪子"的心。

所谓的"浪子"其实含义广泛，一个整天无所事事不务正业的小混混，一个拈花惹草的花心萝卜，一个脾气暴躁的家暴犯，一个嗜酒如命的酒鬼，一个败尽家财的烂赌徒等等，都可以列为其类。

有些女人总是相信男人是可以调教，是可以改变的，或许结婚成家了，他就会稳重起来，或许有了孩子，他就会看在孩子的面子上不会这样做了，于是一天又一天苟延残喘地耗着，直到事件一次比一次恶劣，你却渐渐变得习以为常，最终，或许你没能让他变得更好，反而在他的影响下，变得越来越差。

我有个朋友曾跟我讲，她跟她老公谈恋爱的时候，第一次去外地旅游，从开始到结束，全程都是她在安排旅程的路线、食宿，一次旅行把她累得够呛，回去之后她很不开心，而他却完全没有意识到有什么问题。

于是，她便跟她老公深入地聊了一次，郑重地告诉他："一个男人应该承担起自己的责任，大家都是公平的，这个世界上除了女人能生孩子男人不能生孩子之外，没有什么是女人能做该做，而男人不能做不该做的，所以，不管我做什么，你应该跟我一起承担，你仔细想一想，你让我一个人去做这做那的，而你完全不操心，我会有怎样的感受？"

她老公听完她的话后，惭愧地沉默了。

最后她严肃地给他下了最后通牒："我希望你好好思考一下这个问题，我要找的是跟我共同经营爱情、承担家庭责任的男人，如果这段关系只有我一个人在付出，那我会选择尽快结束，我不想我过得那么累。"

尽管当时她老公很有醒悟力，立刻就向她保证以后会注意会改变自己的，但她还是冷了他几天，后面才跟他渐渐缓和关系。

后来他们又出去旅游了一次，这次她完全变了一个人，在她准备拿出自己的出游方案时，她老公已经将他准备了的方案拿了出来，时间、行程都安排妥当，比她准备的还要精心，所以，那时候她就更加确定，男人不是做不好，只是没用心。

后来她跟她老公结婚了，从来不下厨房的老公，不用她提醒，也开始帮她洗碗洗菜打下手，现在他们的婚姻生活相当和谐。

一个男人，不管"很坏"或者是只有"一点点的坏"，都是可以给机会，好好去调教一番的，毕竟，监狱里的犯人都有改过自新的机会，更何况是自己动了心爱着的男人。

但是，机会只有一次，最多两次，如果调教不过来，就请尽早放弃吧，虽然有些人或许可以迷途知返，但是有些人，是真的江山易改本性难移。

真能改变的人，一次机会足矣，改变不了的人，一辈子也没戏。

一个没法为你做出改变的男人，如果你还要跟他在一起，那么你就要做好准备，他现在的生活方式注定了你未来的生活品质。

请不要一傻再傻了。

你以为你的付出终会让他感动，因为人心是肉做的，总会柔软的，你以为你的等待会让他温暖，因为是块冰也该会被融化，你以为时间会让一个人懂得该怎样担起自己的责任，再幼稚的男人终究会有成熟的一天。

你把你所有宝贵的时间，都用在了隐忍上，你把你的未来，都建立在他会改变的可能性上，可是得到的是一次又一次的失望。

是他辜负了你的期望吗？不是，是你自己辜负了你的美好时光。

我们不是负有上帝责任的慈善家，我们首先该为自己的幸福与未来负责，当一切似乎怎么都无法扭转的时候，当眼前一片黑暗跟迷茫的时候，我们不必在某一处太过于执着，调整视野，这个世界不缺更美的天空与风景。

人生不是一场赌局，谁都赌不起，我们万万不要冒险用自己一辈子去试图改变一个"浪子"，所以，面对我们无能为力的事情，我们该做的，不是如何死心眼地改变一个无法改变的人，而是应该想想，如何去努力地改变自己，只有通过改变自己，我们才有可能在绝处逢生。

我们的幸福跟未来，应该建立在自己的手上，我们都是独立的个体，无法让另一个人改变，但是，我们可以通过努力，把自己塑造成最好的样子，不用担心希望落空，不用害怕未来黑暗，因为，你是最好的，未来自然会将你完全照亮。

将就不可能带给我们和谐

好友甄甄年过三十，最近听说她又跟新任男朋友分手了。

甄甄的这次分手遭到了全家人的反对。因为甄甄年纪不小了。家人觉得她不该太挑剔。其实甄甄对于条件跟长相，她都没有特别的要求，只是年轻的时候追求爱情过于看感觉，把青春浪费在两个比她小几岁不成熟的男人身上，后来她调整了择偶标准，只有一个要求，只要三观合，就结婚。

可是，事实证明找个三观合的男人，也不是那么容易的一件事情。

然而身边的人陆续结婚了，只有她没有结婚，家人和身边的人就觉得问题出在她的身上，是她太挑三拣四，或者就是想玩不想结婚，没有几个人理解她的无奈，她也懒得去解释。

对于催婚她很无奈，但动摇不了她的决心，她跟我说："婚姻是一辈子的事情，如人饮水，冷暖自知，过得好不好，只有自己能体会，三观不合的男人，即使嫁了，婚后三观达不到一致，我肯定过不下去，离婚是必然的，既然我都能预知到这样的一种结果，为什么我还要嫁？我宁可给这个社会提高黄金剩女率，也不要提高离婚率。"

转眼，甄甄已经过了三十三岁的生日了，虽然她依旧没有结婚，但是我知道不管结不结婚，她都能过得很好，因为她根本就不会选择将就。

甄甄是个思想独立有主见的女人，不排斥结婚，也不会为了结婚而结婚，她只会遇到了那个对的人才结婚。

对于她来说，可怕的不是单身时被催婚的烦扰，或是单身没有依靠，她害怕的是把自己稀里糊涂地给嫁了，然后为了孩子将就、凑合、隐忍、煎熬伴随一辈子。

年纪渐长，并不代表会掉价，把自己嫁得随便又将就，才是一件真正掉价的事情。

然而很多人到了一定的年龄，结婚似乎就成了一件必然的事情，无论如何，不管好坏我们都要把这件事给完成了。

所以，网络上不断出现以下类似的语言：

"年纪不小了，该结婚了。"

"过了三十就是老姑娘了，不是你挑别人，就是别人挑你了。"

"他条件不错，怕再也找不到条件这样的，所以嫁了。"

"再不嫁人，我们老家的那些人就要以为我在外面有什么见不得人的问题了。"

"因为别人都嫁了。"

这些声音里都透着几分无奈，因为无奈而产生的将就式结婚，似乎已经形成了一部分人眼里所谓正常的现状。

然而，这种状态形成的婚姻，看似是解决了部分的问题需求，但更多的问题需求也就紧接着而来。

除了甄甄外，我还认识另外一位"剩女"冰冰，其实她年纪也不算大，刚满二十八岁，但这个年龄对于农村的人来说，已经是非常大龄的剩女了，所以，冰冰老家的父母以及三姑六婆就各种开始操心她的婚事，比热锅上的蚂蚁还急，只要是两条腿的男人，都往她面前塞，有些人别说冰冰看不上，就是她从未出过远门的父母都直皱眉头。

在所谓的"千挑万选"之下，冰冰的父母看中了一个叫林俊的男人，他年纪跟冰冰差不多，为人老实勤恳，家里以前很穷，但是这些年在一家人的努力之下，条件渐渐殷实，在县城买了套房，车也有，在当地来说，这是不错的条件了。

唯一的缺点是，他为人很内向，不太爱说话，但这在冰冰的父母看来，也是一种优点，这种不油嘴滑舌的人才是适合过日子的。

其实一开始冰冰对林俊是没有感觉的，他不太爱说话，穿着品位着实太差，但是在一堆乱七八糟的相亲对象里，他的条件算是最好的了，再加上父母一直游说，林俊条件过得去，为人也老实，适合过日子，听到耳朵都快起茧子的时候，尽管她心中有些隐隐不安，但还是答应了。

她刚点头，两边的父母就迅速定下了婚期，婚后，打算过着平凡小日子的冰冰，却发现平凡也不是那么容易的。

比如她近几年穿衣服都穿的那个牌子，林俊却很不喜欢，觉得价格贵又花里胡哨的，太不实用，不如穿得简简单单点好，毕竟他们家是普通的人家。

她喜欢养花花草草，林俊却皱眉说，养这些花花草草还不如种点菜，还能吃。

她喜欢吃清淡，但是只要有一道菜里没有放辣椒，他就会不高兴。

她想去旅游，他却觉得旅游浪费时间，不能赚钱，反而要花钱，要去她一个人去就是了。

冰冰整日闷闷不乐，曾对母亲述说过内心对林俊的不满，但反遭到母亲一顿教育，母亲认为林俊做得对，这种男人就是过日子的，别人打着灯笼都找不到，她就不要嫌这嫌那的了。

母亲的谴责让她开始从自己身上找问题，问题真的出现在她的身上吗？冰冰带着内心的迷茫，继续与林俊过日子，没过多久就怀孕了，生孩子是件喜事，一家人都其乐融融，孩子生下来没多久，冰冰却患上了轻度抑郁症，她想去看心理医生，但林俊却觉得她小题大做，心理医生那些都是靠嘴皮子赚钱，她现在只是带孩子太无聊了，一天没事想太多，带着孩子回娘家去住段时间，多跟人接触下就好了。

在内心抑郁持续加重的时候，冰冰不顾父母反对，跟林俊毅然提出离婚，这是她三十多来年做出最"任性"也是最开心的一个决定。

离婚后的冰冰带着孩子过，每天虽然累一些，但是她很开心，家完全由她自己打造，地上不会突然出现臭袜子，空气中全是花香，就算是出门买个菜，她也乐意化个美美的妆。

孩子上幼儿园之后，她自己也去上班了，工作让她逐渐自信起来，尽管离过婚，但穿着精致又成熟自信的她，身边一直不缺追随者。

那天跟她闲聊的时候，我问她，离婚后最大的感悟是什么，她说："你如果一开始就选择对生活将就，那便要一直将就下去，你如果坚持选择做自己，那么生活也会越发顺你的意。"

看似简单的几句话，却是她亲身经历过后最真实的感悟。

最初她选择将就，但将就两个字不是一时半会儿忍忍也就过了的，它会如影随形地跟随在她的身边，在她生活中的每一个细节中体现。

这是一件很压抑且可怕的事情。

一个跟我们生活在同一个屋檐下，同床共枕的人，却完全生活在两个不同的世界，你无法理解我的喜好，我无法适应你的习惯。

一次次的隐忍，一次次的将就，幸福感根本没有容身之地。

都说嫁人是女人的第二次生命，第一次生命我们或许无从选择，但是第二次生命，我们每个人都有自己选择的权利，那么，千万不要嫁给一个让你有将就感的人，要知道，嫁给一个什么样的人，大范围决定了你今后的生活品质。

我们生命中的真命天子，不一定要为我做什么惊天动地的大事，但一定要有一颗爱我的真心，不会常常忽略我所做的小事情。而我在他的面前可以尽情地做自己，他会喜欢我素颜，也喜欢我化着淡妆精致的样子，他能够陪我一起坐下安静地看会儿书，他也会偶尔来一场让我们充满惊喜的旅游，他凡事不会以自我为中心，没有大男子主义，会为我考虑，尊重我的意见跟选择。

总的来说，经济条件是其次，灵魂上能达到共鸣，三观上基本吻合，才是最重要的，经济条件可以创造，但是品性跟三观基本就是已经注定了的。

婚姻是一辈子的事情，一辈子说长不长，说短不短，不能说到了哪个年龄阶段就必须结婚，结婚一定是要遇到一个让你真正想嫁的人，不会让你忧心忡忡，不能存在各种不和谐因素，这样的开始，才能让我们的余生有幸福的保障。

姑娘，恋爱不是生活的必需品，结婚也不是生命的全部，这个世界很大，你还可以寄心于工作、友情、风景，我们生存在这个世界上，将就的选择不可能给我们带来平安稳定，只有坚持自己的标准跟追求，才能被这个世界温柔以待。

尾声
时光荏苒，不惧流年

工作、家庭以及个人的素质修养，与我们每个人息息相关，缺一不可，没有人生来就是完美的，但是我们能够通过不断地学习跟努力，让自己一点点慢慢变好。

一花一世界，一叶一菩提。

不必妄自菲薄，一花一草一叶一木都有各自的价值，我们自然也有。

我们生来就有一张属于自己独一无二的幸福地图，或许人与人之间的起点不一样，但是各自有各自的精彩，懂得在这个过程中汲取养分的人，不会缺乏美丽，不向荆棘艰难低头的人，终有一天，你将冲破重重关卡，与幸福相逢。

生命在流年中摇曳生姿，青春时光渐行渐远，我们无力阻拦，却能以最优雅的姿态向它挥手告别，让我们做一朵在灵魂中傲然绽放的花，不惧未来，不念过往，随着时光中风雨的洗礼，我们的灵魂会越发芬芳坚毅，生命中纵然有缺憾，但足够精彩并不遗憾，纵然不能成功，但我们一直在进步成长。

成功与成长是两个完全不同概念的词，成功是针对部分人，成长是针对我们所有的人，不可能每个人都能走到成功的那个点上面，但是，我们可以让自己不断成长，在成长中越发睿智成熟，最终蜕变成最好的自己。

　　浮华三千都是过眼云烟，我们只需要做自己，独善其身，在俗世纷扰中，不骄不躁，宠辱不惊，任时光荏苒，流年不惧。